Une truffe pour Noël

Eunice DM

Tous droits réservés
© 2022, Eunice DM

Mise en page : © ManyDesign
Correction : Sophie Eloy, Ma plume correctrice
Images intérieur : © Canva
ISBN : 978-2-3224-5285-9

www.eunice-dm.com

« Le Code de la propriété intellectuelle interdit les copies ou reproductions destinées à une utilisation collective. Toute représentation ou reproduction intégrale ou partielle faite par quelque procédé que ce soit, sans le consentement de l'auteur ou de ses ayant droit ou ayant cause, est illicite et constitue une contrefaçon, aux termes des articles L.335-2 et suivants du Code de la propriété intellectuelle »

Dédicace

Chapitre 1
Quentin

Quentin avait arpenté les rues de Paris presque toute la journée sans destination précise jusqu'en fin d'après-midi, avant de se poser près de l'entrée d'un grand magasin parisien. Il voulait profiter du passage des nombreux clients en cette période festive, pour faire la manche.

Il était près de 19 heures à présent. La nuit était tombée, le froid devenu de plus en plus glacial en ce mois de décembre annonçait un hiver rigoureux. Il remonta la capuche de sa doudoune sur sa tête afin de se protéger au mieux du vent qui s'infiltrait sous ses maigres vêtements. Les rues et les vitrines illuminées lui rappelaient que Noël était proche. Il se souvint de son dernier réveillon bien au chaud devant un succulent repas. Puis la réalité le rattrapa : cela ferait six ans qu'il le passait seul dans la rue. Son estomac cria famine.

Assis à même le sol, dos contre le mur, le menton posé sur ses genoux relevés, son petit gobelet en métal à ses pieds, il attendait la bonne volonté des passants. Il espérait de tout cœur que l'esprit de Noël rendrait les gens plus généreux et qu'ils lui déposeraient quelques pièces. Ce soir, peut-être, aurait-il de quoi se mettre quelque chose sous la dent. Malheureusement, pressés d'acheter leurs cadeaux afin de rentrer au plus vite à la maison, les gens passaient sans même le regarder.

Au bout d'un moment, le vigile l'aperçut et le chassa sans une once de pitié.

— Sors de là, va t'installer ailleurs. Tu donnes une mauvaise image de la maison à nos clients.

Quentin ne discuta pas, il savait que cela arriverait, mais il avait tenté. Certains vigiles étaient plus humains, parfois ils fermaient les yeux ou demandaient simplement qu'il s'éloigne un peu de la porte d'entrée. Mais celui-là se faisait un plaisir de le rabaisser encore plus, comme si c'était possible ! Il récupéra son gobelet et les pièces qu'il contenait, puis s'éloigna en les comptant. Il avait tout juste de quoi s'offrir un sandwich. Au moins, il ne s'endormirait pas le ventre vide.

Après avoir avalé son casse-croûte, assis sur le banc d'un abribus désert, il se demanda où il allait dormir. La nuit était très froide, mais il n'avait pas envie de se rendre dans un centre d'hébergement du Samu social : il en gardait un mauvais souvenir. Étant donné que ces centres n'avaient pas de casiers individuels et sécurisés pour y déposer leurs affaires, les SDF étaient logés dans des dortoirs de six personnes et devaient dormir avec leur sac sous la tête afin de surveiller leurs biens. C'était là, peu de temps après son arrivée dans la rue, qu'il avait été agressé pendant la nuit. Dans l'obscurité de la chambre, il s'était retrouvé avec un couteau sous la gorge. Intimidé par l'arme de ces deux ivrognes habitués à ce genre de procédure, il n'avait pas osé crier pour demander de l'aide de peur des représailles. Ils lui avaient tout pris.

Il hésita un instant. Dormir dehors par ce froid hivernal le conduirait sans aucun doute aux urgences ou à la morgue. Il respira profondément pour se donner du courage avant de se diriger vers la bouche du métro République. Lorsqu'il y arriva, il était près de vingt-deux heures, Joseph y était déjà couché auprès du distributeur automatique de boissons et friandises. C'était ce papi septuagénaire qui l'avait pris sous son aile protectrice, peu de temps après sa descente aux enfers, en lui apprenant les règles de survie des SDF et la vie très codifiée du métro. Lorsqu'il avait rencontré Joseph pour la première fois, il ne savait pas encore à quel point la mendicité était épuisante. Il fallait se déplacer continuellement, souvent dans le froid, sous la pluie ou par les fortes chaleurs ; s'adresser aux passants, au hasard, toute la journée qui au mieux l'ignoraient ou au pire, l'agressaient verbalement ou physiquement lui donnant l'impression d'être un moins que rien, un animal. Quentin le regarda, mais ne le réveilla pas. Il se dirigea vers l'autre côté du distributeur, celui-ci faisant office de séparation entre les deux, sortit son sac de couchage et s'installa sur le banc en carrelage. Plus loin, un autre groupe avait également établi son campement. Pour éviter les conflits, chacun devait rester à sa place. D'ailleurs, sous sa couette, Joseph avait un gourdin afin de se protéger en cas d'agression, car cela lui était déjà arrivé.

Chapitre 2

Coralie

En provenance des États-Unis, l'avion venait enfin d'atterrir à l'aéroport Charles de Gaulle après onze heures trente de vol. Accompagnée de sa fille Ambre, âgée de 5 ans, Coralie alla récupérer ses bagages.

— *Are we going to see mamou Jeanne and papou Louis*[1] ? demanda la fillette, tout excitée malgré la fatigue.

Devant l'impatience de sa fille, Coralie sourit, elle ressemblait tellement à son père. Son père qu'elle ne connaissait pas. Elle lui ébouriffa les cheveux.

— Oui, ma puce, nous serons bientôt chez eux. À partir de maintenant, il faudra commencer à parler français comme je te l'ai appris, sinon mamou et papou ne comprendront rien.

---
1 On va voir mamou Jeanne et papou Louis ?

— D'accord ! lâcha cette dernière, pressée de les revoir. La dernière fois, elle était toute petite, elle n'avait que deux ans lorsque ceux-ci étaient venus leur rendre visite aux États-Unis. Depuis, ils se parlaient régulièrement par visioconférence. Ambre trouvait cela drôle de les voir par l'intermédiaire de l'ordinateur. Elle les aimait beaucoup, d'autant plus qu'ils lui envoyaient régulièrement des cadeaux accompagnés de jolies cartes.

Ses valises en main, Coralie héla un taxi et toutes deux s'y installèrent. Après que le chauffeur eut noté l'adresse sur le GPS, il démarra en silence ; celui-ci fut soudain brisé par une inquiétude de la fillette.

— Maman, tu crois que le père Noël saura que je suis en France ?

— Oui, ma puce, ne t'inquiète pas, je lui ai envoyé l'adresse avec ta demande, la rassura sa mère.

— Ouf ! lâcha Ambre, visiblement soulagée.

Le chauffeur du taxi, qui avait entendu la conversation, sourit et se permit de répondre également.

— Quand les enfants sont sages, le père Noël sait toujours où ils sont et ce qu'ils veulent. As-tu été sage ?

— Oui ! répondit Ambre sans hésiter.

Devant la certitude de l'enfant, ce dernier sourit.

— Alors, ne crains rien, il viendra !

Le trajet se fit sans encombre. Et, bien qu'elle ait dormi toute la nuit dans l'avion, fatiguée par la durée du vol et le décalage horaire, Ambre avait fini par s'assoupir. Sa mère eut bien du mal à la réveiller une fois devant la porte de ses grands-parents.

— Coucou, mon cœur, on est arrivées.

La fillette ouvrit les yeux, bâilla avant de réagir à l'annonce de sa mère.

— On est chez papou et mamou ? cria-t-elle maintenant tout à fait éveillée et pressée de sortir du véhicule.

— Oui, ma puce, on y est.

Coralie paya la course au chauffeur, prit ses valises, puis toutes deux se dirigèrent vers la maison où les attendaient déjà sur le pas de la porte les grands-parents maternels de Coralie.

Ambre se précipita vers eux.

— Mamou, papou !

Ceux-ci lui tendirent les bras tandis qu'elle s'y jetait de bon cœur.

— Comme tu es jolie ! Tu as beaucoup grandi ! s'exclama mamou Jeanne en l'embrassant.

— Allez, à mon tour, réclama papou Louis en

la prenant dans ses bras. Voilà la plus jolie des princesses, déclara-t-il en la chatouillant.

Joyeuse, Ambre rigola de bon cœur et son rire cristallin résonna dans toute la maison. Heureuse de les voir également, Coralie les embrassa à son tour.

— Bonjour Coralie, nous sommes si contents que vous soyez là avec nous pour Noël, déclara mamie Jeanne en lui caressant le visage. Dommage que tes parents ne puissent pas venir, on aurait été au complet. Mais vous devez être fatiguées. Vous voulez vous reposer un peu ?

Coralie regarda sa montre.

— Vu l'heure, je pense que nous déjeunerons d'abord et ferons un petit somme après. Je peux poser les bagages dans la chambre ?

— Bien sûr ! confirma sa grand-mère. Rejoins-nous ensuite dans le salon. Le déjeuner est prêt, il n'y a donc rien à faire. Nous avons encore quelques minutes pour papoter. Nous voulons des nouvelles de tout le monde.

Assis dans la cuisine, près des fourneaux, ils discutèrent jusqu'au moment du repas tandis qu'Ambre parcourait toutes les pièces de la maison en s'extasiant devant la multitude de décorations de Noël. Un énorme sapin orné de boules, de rubans et de guirlandes trônait dans la grande salle à manger tandis que des guirlandes électriques aux ampoules minuscules étaient suspendues tout autour de la pièce et au plafond donnant l'illusion d'un ciel étoilé lorsque la lumière était éteinte ou lorsqu'il faisait sombre dans la pièce.

— C'est trop, trop beau ! Maman, maman, viens voir, appela Ambre en les rejoignant, comme une tornade, dans la cuisine.

Elle attrapa sa mère par la main et la tira jusqu'à la salle à manger.

Effectivement, c'était splendide ! Ses grands-parents avaient toujours eu à cœur cette période de l'année.

— C'est beau, hein, maman ? s'extasia la fillette.

— Oui, c'est très joli, en effet ! confirma sa mère. Allez, viens, on va manger.

— Attends, je veux juste aller voir la crèche de plus près.

— OK, mais ne reste pas trop longtemps. Tu auras le temps de la voir plus tard.

L'enfant ne tarda pas. Le déjeuner se passa dans la bonne humeur jusqu'à ce qu'épuisée, Ambre s'endorme sur la table. Il était temps qu'elle aille se reposer.

— Je vais la coucher, déclara Coralie, attendrie par le visage serein de sa fille. As-tu besoin d'aide pour débarrasser la table et ranger la cuisine ? demanda-t-elle à sa grand-mère.

— Non, mon petit, va te reposer aussi si tu veux.

— Non, mamie, ça ira.

Elle souleva délicatement la fillette puis se dirigea vers la chambre. Après l'avoir mise au lit, elle rangea ses affaires puis rejoignit ses grands-parents dans le salon, elle se coucherait plus tôt ce soir.

Chapitre 3

Quentin

Le lendemain matin, une fois l'heure de pointe passée, Quentin et son grand-père adoptif montèrent à leur tour dans la rame jusqu'à l'arrêt des Boulets. C'était là que passait le minibus du recueil social de la RATP dédié aux sans-abri afin de conduire ceux qui le souhaitaient jusqu'à l'accueil de jour de Charenton. Sur place, ils pourraient se refaire une santé. Malgré leur situation dégradante, ils tenaient à un maximum d'hygiène, c'était la moindre des choses auxquelles ils pouvaient prétendre. Malheureusement, certains n'avaient plus la force et se laissaient aller.

— T'as traîné où hier ? demanda Joseph tout en dégustant son petit-déjeuner. Je ne t'ai pas vu de la journée.

Quentin posa son bol et s'essuya la bouche avant de répondre.

— Je suis allé du côté de Charles de Gaulle Étoile. J'y ai récolté quelques pièces devant l'un des grands magasins. Il y avait un monde fou ! Malheureusement, le vigile m'a viré, sinon j'aurais pu en tirer un peu plus.

— Tu sais comme ça se passe. Et aujourd'hui, tu vas où ?

— Je ne sais pas encore, répondit Quentin entre deux bouchées de pain qu'il savourait avec plaisir ; la veille le dîner avait été léger. J'y retournerai peut-être en me plaçant un peu plus à l'écart de la porte d'entrée. Avec un peu de chance, le vigile ne sera pas le même aujourd'hui.

Ils discutèrent encore de choses et d'autres jusqu'à ce que, rassasié, Quentin laisse son aîné et se dirigeât vers la salle de bains afin de faire sa toilette, qu'il fit avec soin. Ceci fait, il revint auprès de Joseph qui achevait son petit-déjeuner. Ce dernier n'était jamais très pressé de quitter l'endroit.

— Je m'en vais, salut, à ce soir.

— Salut, à ce soir, fais attention à toi.

— Merci, toi aussi !

Quentin quitta le bâtiment. Dehors, le froid le saisit. Il remonta la capuche de sa doudoune usée et rapiécée, enfila ses gants miteux et prit le métro. Malgré le réconfort de l'accueil de jour, il fut submergé par une vague de fatigue et de découragement. Sans travail, sans revenus, il n'avait d'autre option que faire la manche. Changer constamment de place à longueur de journée, pour mendier, l'épuisait. Mais surtout, il avait honte. Honte de lui, de son échec, de sa vie pourrie, mais il n'avait pas le choix s'il voulait manger. Tous les centres pour SDF n'étaient pas à leur disposition toute la journée et parfois n'étaient pas recommandables non plus. Sa litanie commença de rame en rame.

— Bonjour, M'ssieurs, Dames, veuillez m'excuser de vous déranger. Je suis SDF, mais je ne bois pas et je ne me drogue pas. J'aurais juste besoin d'une petite pièce, s'il vous plaît, ou d'un ticket restaurant pour me permettre de manger. À votre bon cœur !

Parfois, certains voyageurs avaient pitié et lui donnaient une piécette, d'autres détournaient ou baissaient la tête, faisant semblant d'être concentrés sur leur téléphone ou leur voisin. Dans ce cas, Quentin n'insistait pas et continuait ailleurs.

Chapitre 4
Coralie

La veille et le reste de la journée avaient été calmes. Le soir, après avoir mis sa fille au lit, Coralie s'était également couchée de bonne heure et s'était endormie comme une souche. Le décalage horaire et son travail, ardu depuis quelque temps, y étaient sûrement pour quelque chose.

Ce matin, elle fut réveillée par les rires d'Ambre depuis le rez-de-chaussée. Ces heures de sommeil l'avaient requinquée, elle se sentait en forme. Elle se leva, mais quand elle arriva dans la cuisine, elle ne put s'empêcher de sourire. Ambre et son arrière-grand-père faisaient un concours de grimaces comme deux enfants.

— Bonjour, je vois que l'on ne s'ennuie pas

ici !

Ambre sauta de sa chaise, puis courut se jeter dans les bras de sa mère en criant de joie.

— Maman !

— Hou, là, là, quel accueil ! Qui gagne, ma puce ?

— Moi ! confirma-t-elle en faisant une grimace.

Coralie posa sa fille au sol et alla embrasser ses grands-parents.

— Bonjour, Coco ! lâcha son aïeul en lui appliquant une bise sonore sur la joue.

— Bonjour, ma chérie, la salua également sa grand-mère en lui caressant les cheveux.

— Je suis la dernière debout, à ce que je vois ! constata Coralie en se servant un café.

Mamie Jeanne s'installa à ses côtés.

— Tu as quelque chose de prévu aujourd'hui ?

— Non, rien de spécial. Mais vu que papa et maman ne viendront pas, je pensais juste aller jusqu'à notre domicile familial pour voir si tout était en ordre. À part ça, j'ai tout mon temps de libre. Tu veux qu'on aille faire des courses ?

— Non, j'ai ce qu'il faut, ne t'inquiète pas. J'avais prévu de faire un gâteau et des biscuits ce matin, ça te dit qu'on les fasse ensemble ?

— Oui, bien sûr ! J'irai cet après-midi jusque chez nous.

La matinée passa rapidement. Le gâteau pour le goûter et les petits bonshommes en pain d'épice embaumaient toute la maison, ravivant les bonnes odeurs de Noël qui approchait.

— Ça sent trop bon, je pourrais avoir un biscuit, mamou ?

Cette dernière regarda Coralie à la recherche de son approbation, elle savait que sa petite fille ne voulait pas qu'Ambre mange entre les repas.

Face à la pression de sa grand-mère et de la fillette, Coralie capitula.

— Juste la moitié d'un alors. Tu en mangeras au goûter.

Ambre dévora le petit morceau d'une seule bouchée.

Après le déjeuner, Coralie mit Ambre à la sieste avant de prendre le métro jusqu'au 16ᵉ arrondissement. Après quelques stations et un peu de marche, elle arriva devant la maison familiale. Elle hésita un moment avant de se décider à tourner la clef et à entrer. Un léger pincement lui serra le cœur. C'était la maison de son enfance, elle y avait tellement de souvenirs heureux. Depuis leur départ il y a six ans, c'était la première fois qu'elle y remettait les pieds. Seul son père était revenu quatre ou cinq fois afin de voir si tout était en ordre. Ses grands-parents aussi passaient de temps en temps pour surveiller l'état des lieux.

Malgré la poussière et les toiles d'araignée, elle alla de pièce en pièce jusqu'à sa chambre. Elle ouvrit le volet et regarda autour d'elle. Tout y était comme elle l'avait laissé. Là, sur la commode, une photo attira son attention lui rappelant un des moments les plus douloureux de sa vie. Elle avait été prise avec son petit ami juste avant son départ pour les États-Unis. Elle caressa avec une extrême douceur le visage du jeune homme sur la photo tandis que des larmes perlèrent au coin de ses yeux. Comme elle l'aimait encore malgré toutes ces années de séparation ! Elle s'en souvenait comme si c'était hier.

Son père, ingénieur informatique, était rentré du travail, une enveloppe à la main, et l'avait appelée.

— Coralie, viens voir, j'ai une surprise.

Elle avait descendu les escaliers quatre à quatre avant de le rejoindre dans le salon.

— Bonsoir, papa, avait-elle déclaré en l'embrassant. C'est quoi la surprise ?

— Bonsoir, Coralie, regarde.

— Qu'est-ce que c'est ?

Son père avait ouvert l'enveloppe et lui en avait montré le contenu.

— Des billets d'avion. Nous partons en

vacances en Amérique. Nous embarquons dans deux jours.

Coralie en fut stupéfaite.

— Aux États-Unis ? Dans deux jours ? Pourquoi ne m'as-tu pas prévenue avant ? J'ai des choses importantes à faire avant de partir, s'affola-t-elle soudain.

— Comme quoi, par exemple ? insista son père. Aller voir ton petit ami ?

Coralie avait préféré ne pas répondre, cela les aurait conduits à une dispute, comme d'habitude. Son père ne supportait pas le garçon qu'elle fréquentait et les éclats de voix étaient monnaie courante dans la maison dès qu'ils abordaient ce sujet.

— Combien de temps partons-nous ? s'était-elle renseignée.

— Un mois.

— Un mois ! Mais je dois m'occuper de mon inscription à l'université, tu y as pensé ? avait-elle argumenté, prise de panique. À notre retour, ce sera trop tard.

— Oui, ne t'inquiète pas. De toute façon, tout se fait par Internet maintenant !

Contrariée, Coralie était remontée aussitôt dans sa chambre en grommelant. Elle en voulut à son père, mais également à sa mère qui devait être au courant et ne lui avait rien dit. Elle avait alors appelé son petit ami, il fallait qu'ils se voient avant qu'elle s'en aille.

Cela faisait maintenant six ans qu'ils étaient partis. Son père avait tout prévu. Il l'avait séparée de son amour de jeunesse, son seul et véritable amour. Elle n'avait découvert qu'une fois sur place les plans de son père. Mais à dix-huit ans, sans travail, sans argent, comment aurait-elle pu rentrer en France ? Elle regarda à nouveau la photo. Les larmes coulaient maintenant à flots sur ses joues sans qu'elle puisse les retenir. Pourquoi au bout d'un mois avait-il arrêté de lui répondre au téléphone ? s'était-elle souvent demandé avant de se résigner. Elle avait du mal à l'admettre, mais il avait dû se lasser d'attendre et était sûrement passé à autre chose.

Elle fut tirée de ses pensées par la sonnerie de son portable. Elle s'essuya les yeux et répondit.

— Allô !

— Allô, c'est mamie. Tu penses rentrer dans combien de temps ? Ambre s'est réveillée et te réclame.

— Je suis désolée, je n'ai pas vu l'heure, je pars tout de suite.

Chapitre 5

Quentin

Après avoir récolté quelques pièces dans le métro, Quentin changea de rame et prit la direction du 9ᵉ arrondissement avant de se rendre dans un quartier plutôt aisé. Il alla jusqu'à une boulangerie très fréquentée et s'installa devant juste à côté de l'immense sapin garni d'une superbe décoration multicolore. Il n'était pas loin de midi, avec un peu de chance, les gens lui donneraient peut-être une viennoiserie ou un sandwich.

Assis à même le sol, dans sa doudoune élimée, une pancarte et son petit gobelet devant lui, il attendit la charité des clients qui entraient et sortaient, chargés de mille douceurs en cette époque festive. Une bonne odeur de pain frais, de pain d'épice et de cannelle venait lui chatouiller les narines à chaque fois que la porte de la boulangerie s'ouvrait ou se fermait. Son ventre gargouilla. Il ferma les yeux, laissant son esprit vagabonder jusqu'à l'époque de son enfance. Il n'avait pas connu ses vrais parents. Il était né de père inconnu et sa mère était morte alors qu'il n'avait qu'un an. Sans personne, recueilli par la D.A.S, il avait vécu de famille d'accueil en famille d'accueil, mais dans chacune d'entre elles, Noël avait été célébré comme il se devait. Il revit le sapin brillant de mille feux, les cadeaux, le repas bien au chaud. Non, il n'avait manqué de rien, à part peut-être d'amour maternel. Le dernier réveillon datait d'il y a six ans, une éternité ! Il sursauta et ouvrit aussitôt les yeux lorsqu'une pièce tomba dans son gobelet. Il s'empressa de remercier le donneur. Il était SDF, pas impoli !

— Merci, monsieur, lâcha-t-il timidement en regardant à la dérobée son donateur.

Ce jour-là, la récolte ne fut pas mauvaise. À treize heures, lorsque la boulangerie ferma, il avait plusieurs euros dans son verre et même un bon sandwich au jambon tout frais ainsi que deux croissants. Il se leva, prit ses affaires puis se dirigea vers un square afin d'y manger plus à son aise. Assis sur un banc, ce serait quand même plus agréable pour déguster son casse-croûte qu'à même le sol.

Tandis qu'il venait d'avaler la dernière bouchée de son pain, il gardait les croissants pour plus tard, et qu'il s'apprêtait à aller boire un café et un verre d'eau dans un troquet du coin, il vit arriver en sa direction trois individus. Il songea à s'enfuir, mais il était trop tard, ils le rattraperaient en moins de deux. Il comprit qu'il allait avoir des problèmes. C'était la deuxième fois que cela lui arrivait depuis le début de son errance, pourtant il n'était plus un novice maintenant. La première fois, cela avait été lors de son premier mois à la rue, le soir dans un centre d'hébergement social, avant que Joseph le prenne sous aile, on lui avait pris une partie de ses biens. Tétanisé, il se résigna. Son cœur battait à tout rompre et la peur le faisait transpirer malgré le froid. Bien qu'il ne soit pas catholique, il pria intérieurement pour s'en sortir sans trop de dégâts. Il n'aurait pas dû venir dans ce square. Dans le monde de la rue, il y avait des codes, il fallait les respecter. Malheureusement, ici ou ailleurs, les agressions de SDF étaient monnaie courante. Il connaissait les dures lois de la rue maintenant, mais à cette heure de la journée, il s'était dit qu'il ne risquerait sans doute rien. Grosse erreur de sa part !

— Que voulez-vous ? Je n'ai rien à vous donner ! annonça-t-il de but en blanc afin de prendre les devants et se donner du courage.

Les individus se regardèrent en riant.

— Rien, tu es sûr ? railla l'un d'eux en dévoilant des chicots pourris.

— Les gars, si on faisait une petite séance de

palpation ? proposa un autre.

Le sang de Quentin se glaça dans ses veines.

Non, pas ça ! se dit-il, mortifié.

Il n'y avait personne d'autre dans le parc à part eux. Et même s'il y avait quelqu'un, lèverait-il le petit doigt pour l'aider ? Il en doutait.

Les trois hommes se jetèrent sur lui. L'un fouilla les poches de sa doudoune pendant que les deux autres le tenaient. Puis, insatisfaits, ils l'humilièrent encore plus en lui baissant le pantalon au cas où il aurait quelque chose de caché dans son caleçon avant de lui palper à tour de rôle ses parties génitales. Quentin se débattit comme il put, mais un violent coup de poing au visage, suivi d'un coup de pied à l'estomac, le mirent K.O. Il gémit en se protégeant la tête.

— C'est tout ce que tu as ? demanda l'un des individus en récupérant le vieux portable qu'il avait, la montre bon marché qu'il s'était offerte après bien des privations, ainsi que la vingtaine d'euros qu'il avait sur lui.

Comprenant qu'ils le laisseraient pour mort s'il ne collaborait pas, Quentin sortit de son sac à dos une petite pochette contenant une centaine d'euros. C'étaient toutes les économies qu'il gardait précieusement depuis plusieurs mois pour s'offrir une nuit à l'hôtel le soir du réveillon de Noël. Il y serait sans doute le ventre vide, mais au moins il y serait au chaud et en sécurité.

Non contents de lui avoir tout pris après l'avoir humilié, ils firent pleuvoir les coups sur lui, juste pour le plaisir. Il se protégea comme il put ; son œil avait enflé, ses lèvres saignaient. Un puissant coup de botte au thorax lui coupa le souffle, il eut envie de vomir. À ce moment, il crut qu'il allait mourir. Seul au monde face à trois individus déchaînés, que pouvait-il faire ? La solitude était bien ingrate !

Épuisé par le manque de sommeil quotidien et de nourriture, grelottant de froid et de douleur, il sombra dans le coma sans entendre les voix qui venaient de faire fuir les agresseurs. Bien plus tard, quand il se réveilla, il était aux urgences. Comment s'était-il retrouvé là ? se demanda-t-il. Quelqu'un avait-il eu pitié d'un pauvre SDF ? Il se renseigna auprès de l'infirmière qui s'occupait de lui.

— C'est un groupe de touristes qui vous a trouvé inconscient et a appelé les secours. Nous devons vous faire quelques examens et pour cela nous allons vous garder au minimum jusqu'à demain.

Quentin la remercia puis se blottit entre les draps propres ; sous la chaleur des couvertures, il sombra dans un sommeil plus paisible.

Chapitre 6
Coralie

Ce matin, lorsque Coralie ouvrit les yeux, des flocons de neige voltigeaient au gré du vent avant de se rabattre sur le sol et le rebord de la fenêtre de sa chambre. Elle pensa aussitôt à sa fille qui ne tarderait pas à pousser des cris de joie en dévalant les escaliers comme un ouragan, une seule idée en tête, aller dehors.

Coralie se leva, admira le jardin par la fenêtre, il était entièrement recouvert d'un fin manteau blanc. Il ne tiendrait sûrement pas la journée. Dommage, Noël ne serait là que dans quinze jours. Retomberait-il encore de la neige d'ici là ? Elle l'espérait !

Elle regarda l'heure, il était encore tôt. Elle enfila un vieux jogging puis rejoignit ses grands-parents dans la cuisine.

— Bonjour, mamie, tu es toute seule ? s'étonna-t-elle en embrassant son aînée.

— Bonjour, ma chérie. Oui, papi est dehors, il dégage l'allée pour que l'on puisse passer sans danger.

— OK. Qu'est-ce que tu fais ? questionna Coralie en voyant une marmite sur le plan de travail.

— Je prépare les légumes pour le pot-au-feu de ce midi.

— Hum, j'adore ça, déclara la jeune femme tout en préparant son petit-déjeuner.

Elle n'eut pas tantôt fini qu'Ambre déboula dans la cuisine comme un éclair.

— Il neige, il neige. Tra la la la la !

Coralie sourit, elle savait que cela se passerait comme ça.

— Maman, on peut aller faire un bonhomme de neige ? supplia la fillette d'un air angélique.

— Oui, mais viens nous faire un bisou d'abord et ensuite tu prendras ton petit-déjeuner.

Ambre ne se fit pas prier. Elle s'installa ensuite à table mais, impatiente de rejoindre son papou dehors, elle n'arrêtait pas de gesticuler.

— Tiens-toi tranquille, Ambre, tu vas finir par renverser ton chocolat ! la sermonna sa mère. Tu ne veux pas être punie, n'est-ce pas ?

La fillette se calma aussitôt.

— Non.

Une demi-heure plus tard, bien emmitouflée, elle sortit enfin dans le jardin et courut vers le tas de neige que papou Louis avait accumulé pour dégager l'allée.

— Tu viens faire un bonhomme de neige avec moi, papou ?

Toujours prêt à s'amuser avec son arrière-petite-fille qu'il n'avait pas eue auprès de lui depuis longtemps, il ne se fit pas prier.

— D'accord, mais d'abord mon bisou.

Un peu plus tard, quand Coralie et sa grand-mère regardèrent par la fenêtre, la neige commençait à fondre ; néanmoins le petit bonhomme était presque terminé et tous deux s'amusaient comme des enfants. Coralie décida de les rejoindre. Elle prit une carotte et deux marrons, il fallait des yeux et un nez à ce personnage blanc qui ne vivrait sûrement pas longtemps.

La matinée était passée rapidement. Papou Louis, Ambre et Coralie avaient également décoré l'énorme thuya qui trônait seul au milieu du jardin avec de belles guirlandes lumineuses et des boules multicolores. Le Père Noël ne pouvait pas rater leur maison, Ambre en était sûre. Sur la porte d'entrée, une énorme branche de houx était suspendue à côté d'une figurine d'ange. Oui, l'esprit de Noël était vraiment là !

Chapitre 7

Quentin

L'œil au beurre noir, les lèvres tuméfiées, une forte douleur à la poitrine et au ventre, Quentin sursauta lorsque l'infirmière vint le réveiller. Il se souvint alors qu'il avait passé la nuit à l'hôpital.

— Bonjour, comment vous sentez-vous ce matin ?

— Bonjour, répondit poliment Quentin. J'ai encore un peu mal, déclara-t-il en se touchant le torse, mais ça va. Je vais pouvoir partir ce matin ?

L'infirmière lui donna un antalgique puis lui prit la température avant de répondre.

— Bon, pas de fièvre, c'est déjà une bonne chose. Pour vos douleurs, c'est normal : vous avez une côte fêlée. C'est douloureux. Le médecin de service passera vous voir dans une demi-heure, c'est lui qui décidera de votre sortie. En attendant, le petit-déjeuner ne va pas tarder. J'ai terminé mon service, je vous souhaite une bonne journée. Prenez soin de vous, jeune homme !

— Merci, murmura Quentin timidement.

Soudain, une idée lui traversa l'esprit. Il se leva péniblement et se dirigea vers le placard. Inquiet, il prit sa doudoune et vérifia l'intérieur de la doublure légèrement déchirée avant de souffler, rassuré. Ses biens les plus précieux, sa chaînette et sa médaille, laissés par sa mère, étaient toujours là, bien cachés.

Plus serein, il alla se recoucher juste au moment où la personne de service lui apportait son petit-déjeuner.

— Bonjour, déjà debout ?

— Bonjour. Je faisais ma toilette, déclara Quentin comme s'il devait se justifier.

— Installez-vous et profitez-en pendant que c'est encore chaud, continua l'employée gentiment avant de poser le plateau sur la table et de sortir. Bon appétit et bonne journée !

— Merci !

Il s'attabla de bon cœur en salivant déjà.

Il venait de terminer sa dernière bouchée de pain lorsque le médecin vint le voir.

— Bonjour, comment allez-vous ce matin ?

— Bonjour, docteur, bien.

— C'est une bagarre, c'est ça ? se renseigna le

praticien.

— Plutôt un passage à tabac ! confirma Quentin, blasé.

— Je ne sais pas si l'infirmière de service vous l'a dit, vous avez une côte fêlée. Rien de grave, rassurez-vous, mais cela aurait pu l'être. Ce qu'il vous faut maintenant, c'est du repos et des antidouleurs, car vous allez avoir mal au minimum pendant trois semaines. L'idéal serait de rester encore au moins un jour ici avec nous pour être sûr que tout aille bien.

Mais Quentin ne souhaitait qu'une chose, quitter les lieux au plus vite. Après avoir négocié âprement sa sortie avec le médecin, il était près de onze heures lorsqu'il sortit de l'hôpital, une ordonnance et une tablette d'antalgique en main. Bien que cela ne soit pas nécessaire dans ce genre de pathologie, le médecin lui avait posé un large bandage élastique avec la consigne de le retirer s'il était mal toléré ; cela l'aiderait peut-être à mieux supporter la douleur.

Il prit le métro afin de se rendre au Square de la Montgolfière, dans le 13e arrondissement de Paris, là où Joseph avait l'habitude de passer ses matinées. La neige avait disparu, il faisait moins froid, le soleil pointait timidement le bout de son nez. Quentin était sûr qu'il serait là-bas. Une demi-heure plus tard, il le retrouva en compagnie

de Didier et quelques autres camarades de fortune avec qui il jouait aux cartes en buvant de la bière pour tuer le temps et se réchauffer.

— Bonjour, lança-t-il en s'approchant.

— Quentin ? Mais qu'est-ce que tu fais ici ? Que t'est-il arrivé ? demanda ce dernier, surpris. Où étais-tu hier soir ? Je ne t'ai pas vu, j'étais inquiet.

Le jeune homme s'assit sur le banc auprès d'eux en se tenant les côtes et leur raconta ses déboires.

— Je me suis fait agresser hier par trois voyous, au square Montholon, ils m'ont tout pris.

Contrarié, Joseph éleva légèrement la voix.

— Tu n'as donc rien retenu de ce que je t'ai appris ? Il y a des endroits qu'il faut éviter à certaines heures si on est seul. Si tu étais venu ici avec nous, cela ne serait peut-être pas arrivé ! Tu as vu dans quel état tu es ?

— Je sais, répondit Quentin, confus, mais j'ai besoin d'argent, il faut que je bouge. Et du coup, maintenant, c'est encore pire : je n'ai plus de téléphone, plus de montre, plus un centime.

— Voilà, tu as tout gagné, le rabroua Joseph. Que comptes-tu faire aujourd'hui ?

— Je vais rester avec vous un moment.

— C'est une bonne idée. Tu as de quoi

manger ?

Quentin répondit négativement de la tête.

Comme beaucoup d'autres SDF, Joseph sautait souvent le déjeuner, mais en ce moment il avait un peu de sous.

— Ce midi, je t'invite au Quick, mais n'en prends pas l'habitude ! blagua-t-il.

Vers quatorze heures, après avoir dévoré un Giant chacun, Quentin suivit Joseph jusqu'au petit centre d'accueil de jour, le *Cœur du 5*. Là-bas, une machine à café était à leur disposition. Une fois sur place, ils burent le breuvage bien chaud qui les requinqua. Ils discutèrent un moment avant que Quentin décide de partir.

— Tu restes là ? questionna-t-il.

— Oui, encore un moment, il y a des jeux de société, l'ambiance n'est pas trop mauvaise, c'est mieux que de traîner dehors au froid !

— OK, dans ce cas, je te laisse. Je vais faire la manche dans le métro, je terminerai la journée devant un des grands magasins du boulevard Haussmann. Salut, à ce soir.

— Attends ! le rappela Joseph. Je vais téléphoner au *Refuge* au cas où il y aurait deux places pour nous ce soir. Pour ta convalescence, ce serait mieux !

Quentin le gratifia d'un sourire.

Après quinze minutes d'attente en musique, on leur trouva une place pour la nuit.

— C'est toujours mieux que rien ! déclara le vieil homme satisfait. Demain, on verra. Tu es sûr que tu ne veux pas rester avec nous, ce serait plus prudent !

Quentin savait que le vieil homme l'aimait comme son petit-fils et se faisait du souci pour lui, mais le rassura.

— Non, t'inquiète pas, ça ira !

— Dans ce cas, fais attention à toi cette fois-ci ! Je ne voudrais pas que tu te fasses encore esquinter.

Bien qu'écœuré d'être à la rue et d'avoir déjà raté sa vie à vingt-cinq ans, Quentin quitta le centre sans état d'âme, comme un robot.

Chapitre 8

Coralie

Cet après-midi, Coralie avait prévu d'aller faire un tour jusqu'aux galeries Lafayette ; il lui restait quelques cadeaux à acheter pour le réveillon. Cela faisait des années qu'elle n'y avait pas mis les pieds.

— Mamie, tu veux venir avec moi ?

— Oui, avec plaisir, ma chérie. D'ailleurs, j'ai deux ou trois courses à faire également, ça tombe bien.

Elles attendirent d'abord le réveil d'Ambre, puis Coralie lui donna son goûter.

— Maman va avec mamou faire des achats au magasin, tu viens avec nous ou tu restes avec papou ?

La fillette réfléchit un instant, puis regarda sa mère de ses beaux yeux verts avant de demander.

— Si je reste, est-ce que je peux regarder les

dessins animés ?

Coralie sourit. Ambre était maligne, elle savait très bien que sa mère préférait faire les courses toute seule et essayait de faire un peu de chantage. Coralie n'était pas dupe, mais accepta le compromis.

— Oui, mon trésor, tu peux… mais sois sage avec papou.

La fillette confirma d'un signe de tête, puis alla aussitôt s'installer sur le canapé, la télécommande à la main, en appuyant sur sa chaîne préférée. Coralie lui fit un bisou avant de sortir avec sa grand-mère.

Dehors, la neige avait laissé la place à la gadoue. Le bonhomme de neige avait rétréci et n'était plus que l'ombre de lui-même, le nez et les yeux tombés à ses pieds. Les deux femmes pressèrent le pas vers le métro le plus proche. Lorsqu'elles arrivèrent sur le boulevard Haussmann, il était près de seize heures, bientôt ce serait l'heure de pointe. Les rues et les magasins grouillaient déjà de monde. Chaque boutique s'était parée de ses plus beaux atours. Passants et enfants s'extasiaient devant les vitrines, les yeux pleins d'étoiles, happés par ce moment féerique de l'année. Coralie et sa grand-mère rentrèrent dans le grand hall des galeries Lafayette. Un magnifique sapin trônait en plein centre, illuminé de mille couleurs. Au plafond, de grosses boules fluorescentes étaient suspendues çà et là tandis qu'un énorme ours blanc bougeait les bras inlassablement, comme s'il voulait les attraper pour les mettre dans le joli traîneau du père Noël déjà rempli de merveilleux cadeaux. Non loin du sapin, dans un chalet en bois, une bonne odeur de guimauves, cacahuètes grillées et chocolats chatouillait les papilles des visiteurs.

— Hum, ça sent bon ! déclara Coralie, l'eau à la bouche. J'ai bien peur de me laisser tenter en partant !

— En effet, ça donne envie. Il y a beaucoup de monde, constata son aînée en regardant autour d'elle. Est-ce que tu veux qu'on se sépare pour aller plus vite ?

— Tu as beaucoup de choses à acheter ? se renseigna sa petite-fille.

— Non, deux ou trois vêtements pour ton grand-père et une paire de chaussures pour moi.

— Dans ce cas, faisons les courses ensemble, ce sera plus agréable, proposa Coralie.

Elles visitèrent plusieurs boutiques avant de trouver ce qu'elles voulaient. Coralie avait profité de l'absence de sa fille pour lui acheter son cadeau ainsi que ceux pour ses grands-parents malgré les contestations de sa grand-mère.

— Nous n'avons besoin de rien, ma chérie, ne dépense pas ton argent pour nous.

— Chut, fit Coralie. Ce n'est pas moi, mais le père Noël !

Après les avoir fait emballer, elle les rangea dans un grand sac qu'elle avait apporté à cet effet et qui lui permettrait de les passer inaperçus auprès de sa fille lorsqu'elles rentreraient à la maison.

— Et si nous prenions un café ou un chocolat chaud ? proposa Coralie.

— Merci, c'est gentil. Il est un peu tard pour moi pour boire un café à cette heure-ci, je ne fermerai pas l'œil de la nuit, et le chocolat ne me tente pas non plus, mais si tu en veux un, allons-y, je t'accompagne.

— Non, laisse tomber, c'est pas grave. Par contre, avant de rentrer, je vais acheter des friandises. Elles sentent trop bon !

Leurs emplettes terminées, elles se dirigèrent vers le hall d'entrée, là où se tenait l'étal qui l'avait fait saliver.

— Bonjour, un petit chocolat ? proposa la charmante vendeuse qui savait attirer les clients.

— Oui, avec plaisir ! répondirent en même temps les deux femmes en l'engloutissant aussitôt.

— Ils sont délicieux, confirma Coralie en se léchant les doigts. Je vais prendre un assortiment en plusieurs sachets : trois de chocolats, trois de nougats et trois de cacahuètes grillées.

— Bien sûr, se réjouit la vendeuse. Je vous prépare ça tout de suite. Cette taille vous convient ? demanda-t-elle en lui montrant les sachets.

— Oui, très bien.

Cinq minutes plus tard, les deux femmes se dirigèrent enfin vers la sortie du magasin, il était près de dix-huit heures trente.

Dehors, la nuit était tombée. Les rues s'étaient illuminées et les arbres brillaient de mille éclats, revêtus de leurs belles guirlandes multicolores. Les gens, pressés de rentrer chez eux ou de se faufiler dans un magasin, zigzaguaient sur le trottoir parmi la foule électrisée par les fêtes de fin d'année.

Coralie eut l'impression qu'il flottait comme un air de magie et respira un grand coup pour s'en imprégner. Alors qu'elles quittaient l'établissement pour se diriger vers le métro le plus proche, Coralie aperçut un SDF assis par terre sur un bout de carton, le dos contre le mur, tête baissée, le menton posé sur ses genoux repliés. Son cœur se serra. Pour lui, il n'y aurait pas de magie de Noël. Il avait l'air frigorifié. Elle s'approcha et de près, il lui sembla avoir approximativement son âge.

Comment en était-il arrivé là ? se demanda-t-elle attristée.

Alors ce fut plus fort qu'elle ! Elle prit son porte-monnaie, en sortit un billet de cinquante euros et s'arrêta devant lui.

— Bonjour, tenez, lui dit-elle en lui tendant le billet.

— Bonjour, merci, répondit poliment Quentin sans oser relever le regard vers sa donatrice.

Mais, n'entendant pas le bruit de la pièce tombant dans le gobelet, il regarda à l'intérieur avant de redresser la tête. Quelle ne fut pas sa surprise de voir une belle jeune femme, le bras tendu vers lui, cinquante euros à la main.

— Je ne voulais pas qu'on vous le vole dans votre pot, enchaîna-t-elle.

Troublé, ne croyant plus en la générosité des gens, il ne put s'empêcher de balbutier.

— Mais…, je…, je…, la totalité du billet est pour moi ? demanda-t-il, habitué à ne recevoir que des pièces.

— Oui, confirma Coralie. La totalité du billet est pour vous.

Quentin se redressa difficilement, leurs regards se croisèrent un instant. Et, malgré son coquard et ses lèvres tuméfiées, Coralie lut dans ses beaux yeux verts de la gratitude et de l'incompréhension.

— Merci, merci beaucoup, répondit Quentin, ému, en rangeant le billet dans sa poche.

Malgré son étonnement, Jeanne assistait à la scène en silence. Avant de partir, Coralie fit encore un dernier geste. Elle prit un des sachets de friandises qu'elle venait d'acheter, elle aurait l'occasion d'en acheter d'autres, et le lui tendit.

— Tenez, joyeux Noël à vous !

Puis sans attendre de remerciements, elle prit le bras de sa grand-mère et cette fois-ci toutes deux se dirigèrent vers le transport le plus proche.

— Pourquoi ? questionna Jeanne. C'est un gros montant.

Coralie hésita un instant avant de se justifier.

— Je ne sais pas, répondit-elle simplement. Peut-être que toute cette ambiance féerique m'a rendue généreuse et nostalgique. Quand nous serons ensemble, bien au chaud, devant une dinde fumante, lui sera sûrement dehors dans le froid sans même un morceau de pain. Il doit avoir mon âge ! Je n'ai pas pu résister, c'était comme si quelqu'un m'y avait poussée. C'est un gros montant en effet, mais cela ne changera rien dans mon budget, je te rassure. Puis elle se tut et le silence retomba jusqu'à l'entrée de la bouche du métro.

Chapitre 9
Quentin

Quentin n'en revenait pas, cinquante euros d'un coup ! Il tâta la poche de sa doudoune dans laquelle il avait soigneusement rangé le billet et pensa à la jeune femme qui le lui avait donné. Habituellement, il ne recevait guère plus que quelques pièces, pourquoi cette passante, qui devait avoir à peu près son âge, lui avait-elle offert autant ? Il devait vraiment faire pitié ! De plus, elle était très jolie ! Un bref instant, il s'imagina aux bras d'une femme comme elle. Puis la réalité le rattrapa et il eut honte. Honte de sa situation, de sa vie pourrie. Comment pouvait-il ne serait-ce qu'un instant penser à une femme alors qu'il galérait tous les jours pour ne pas crever de faim ? Non, franchement, il n'avait pas toute sa tête ! Il resta là encore un moment perdu dans ses pensées. Quelques pièces tintèrent dans son gobelet, le ramenant à la réalité.

— Merci, répondit-il machinalement comme un vieux disque rayé.

Soudain, un frisson le traversa de part en part. La température avait baissé subitement, les clients commençaient à se disperser. Il était temps pour lui de lever également les voiles. D'autant plus que pour cette nuit, inespérément, Joseph leur avait trouvé une place au *Refuge* où les attendaient un dîner et un lit pour la nuit. L'accueil se faisait à partir de dix-neuf heures, il ne devait pas traîner, Joseph devait déjà y être. Il prit son gobelet, compta son butin ; trente euros en pièces ; le rangea dans sa bourse avant de se diriger vers le métro. Lorsqu'il arriva, il prit place dans la queue, il y avait déjà beaucoup de monde. Placé dans les premiers, son camarade le salua.

— C'est à cette heure-ci que tu arrives ?

— Désolé. Tu peux me garder une place près de toi ?

Joseph grommela, ce n'était pas évident.

— J'essaierai, mais tu sais comment ça marche ! Premier arrivé, premier servi.

— Oui, répondit Quentin, penaud.

Quand enfin arriva son tour, Quentin récupéra une serviette, un drap jetable, son kit de douche et monta faire son lit. Joseph y était déjà.

— Tu as de la chance ! Mais la prochaine fois, sois là plus tôt. C'est déjà pas facile de trouver une place, alors deux, et dans la même chambre, encore moins ! le sermonna ce dernier.

Bien que confus, Quentin ne se laissa pas intimider et enchaîna sur sa journée.

— Aujourd'hui, j'ai récupéré quatre-vingts euros, c'est pas mal, non ? Dont un billet de cinquante euros offert par une superbe jeune femme.

Le vieil homme siffla, admiratif.

— C'est une belle journée en effet ! À toi de faire attention maintenant pour qu'il ne t'arrive pas la même mésaventure que ces derniers jours, conseilla-t-il tandis qu'ils descendaient au réfectoire pour manger.

Après quelques minutes, ils trouvèrent une place et s'installèrent.

— Alors, dans quel coin as-tu traîné aujourd'hui ? se renseigna le vieil homme.

— Je me suis installé devant les galeries Lafayette. Le vigile n'était pas le même que d'habitude, j'étais tout proche de l'entrée. C'est là que cette jeune femme m'a fait ce cadeau ! déclara-t-il, les yeux pleins d'étoiles.

Devant son enthousiasme, Joseph jugea bon de le ramener sur Terre.

— T'emballe pas, mon garçon, ce ne doit pas être le genre de femme à s'amouracher d'un SDF.

— Je le sais ! murmura Quentin, honteux, perdant du coup l'envie d'en parler.

Après le dîner, tandis que Joseph s'apprêtait à sortir boire un coup chez l'épicier d'en face, Quentin préféra aller s'allonger afin de soulager un peu son dos.

— Ah, au fait, tu veux un chocolat ? proposa-t-il.

Il sortit le paquet et l'ouvrit.

— Tiens, prends. Cadeau de la belle inconnue.

— Ce n'est pas de refus, répondit Joseph en se servant. Tu as été gâté par la Mère Noël à ce que je vois ! continua-t-il en lui faisant un clin d'œil. À tout à l'heure.

Le jeune homme se servit à son tour, puis rangea soigneusement la boîte dans son sac. À chaque fois qu'il en mangerait, il penserait à elle.

Au *Refuge*, l'hébergement se faisait en chambre individuelle (une aubaine), en chambre double ou en petites unités de quatre à huit personnes. Par chance, au vu de la récente agression de Quentin et de sa côte fêlée, Joseph avait réussi à obtenir une chambre double ; ils seraient donc plus tranquilles pour la nuit.

Chapitre 10

Coralie

Le trajet jusqu'au domicile se fit en silence. Coralie était rêveuse. De plus, le métro était bondé, il y avait énormément de bruit et il était impossible de s'entendre.

Lorsqu'elles arrivèrent enfin devant le pas de la porte, sa grand-mère fut soulagée.

— Ouf, je suis contente de rentrer, déclara celle-ci. Tout ce brouhaha des magasins et des transports m'a fatiguée.

— Oui, moi aussi !

Dans le salon, papi Louis lisait une histoire à Ambre, qui était bien sage, assise contre lui.

Lorsque sa mère pénétra dans la pièce, sa fille s'élança vers elle, tout excitée.

— Maman, maman ! Mamou et papou vont avoir un chien. On va le chercher bientôt.

Coralie attrapa sa fille, la souleva et l'embrassa

sur le front.

— C'est quoi cette histoire ?

— Demande à papou, c'est lui qui me l'a dit.

Coralie leva les yeux vers son grand-père à la recherche d'une réponse.

— Oui, c'est vrai, nous avons oublié de te le dire. Cela faisait longtemps que nous en voulions un, ta grand-mère et moi. Il y a quelque temps, nous avons visité un élevage de labradors et nous avons craqué. L'éleveur m'a appelé dans l'après-midi. Le chiot est sevré, nous pouvons passer le chercher quand nous le souhaitons. Au départ, nous pensions le récupérer après les fêtes, mais vu qu'Ambre est là, nous irons demain, comme ça, elle pourra en profiter un peu. Tu viendras avec nous ?

Coralie sourit. Bien sûr qu'elle irait, elle adorait les animaux. Chez elle, elle n'en avait pas car d'une part, elle travaillait beaucoup et d'autre part, s'occuper de sa fille et d'un animal serait de trop.

— Oui, avec plaisir !

— Yes, yes ! criait Ambre, euphorique, en gambadant autour de sa mère.

— Du calme, lui recommanda celle-ci en regardant sa montre. Tu vas aller à la douche pendant que mamou et maman préparent le dîner, d'accord ?

La fillette s'arrêta net.

— Mais papou n'a pas terminé l'histoire, argumenta-t-elle.

Louis la regarda avec adoration.

— Je te lirai la fin demain, la rassura-t-il.

Ambre concorda malgré elle et suivit sa mère dans la salle de bains. Cette dernière fit couler l'eau et l'installa dans la baignoire.

— Tiens, voici tes jouets, je reviens dans un instant.

Pendant que sa fille pataugeait dans la baignoire, Coralie en profita pour cacher les cadeaux dans l'armoire de la chambre avant de rejoindre son aînée dans la cuisine.

— Que veux-tu que je fasse ?

— Si tu veux, tu peux préparer la salade, couper le pain et dresser la table. Pour le reste, je m'en occupe.

Coralie s'exécuta puis, une fois cela terminé, retourna laver sa fille.

Le repas se passa dans la bonne humeur. Il y avait de la magie dans l'air et les guirlandes lumineuses clignotant tout autour de la pièce rendaient Ambre euphorique.

— Comment il s'appelle le chiot ? questionna-t-elle.

Louis haussa les épaules.

— Je ne sais pas encore, l'éleveur nous le dira demain.

— Moi j'aimerais bien qu'on l'appelle « Junior », proposa la fillette sur un ton solennel, faisant éclater de rire tout le monde.

Coralie regarda sa fille avec amour, elle l'aimait tellement ! Elle était tellement mature pour son âge.

— Termine ton dessert, il est l'heure d'aller au dodo, ordonna celle-ci.

Après avoir fini de manger, Ambre fit un bisou à mamou et papou avant de suivre sa mère. Elle se lava les dents puis alla se coucher.

— Bonne nuit, ma puce, dors bien.

— Bonne nuit, maman, bisous.

Coralie couvrit sa fille, l'embrassa, éteignit la lumière puis ferma la porte avant de rejoindre ses grands-parents. Ces derniers avaient déjà débarrassé la table. Jeanne rangeait la cuisine tandis que Louis venait de s'installer dans le salon.

— Va t'asseoir auprès de papi, je m'occupe de la vaisselle, proposa la jeune femme.

— Il n'y a rien à faire, je viens de mettre le lave-vaisselle en marche, déclara son aînée.

— Dans ce cas, va rejoindre papi. Un petit café, ça te dit ?

Jeanne adorait sa petite-fille, elle était toujours

prête à rendre service.

— Non, pas pour moi, répondit-elle, mais une tisane, pourquoi pas ?

— OK, je m'en occupe, repose-toi. papi, tu veux un café ? cria-t-elle depuis la cuisine.

— Oui, je veux bien, chérie, merci.

Coralie revint quelques minutes plus tard avec trois tasses fumantes.

— Demain, nous irons chez l'éleveur à quelle heure ? C'est loin ?

— Nous en aurons au moins pour une heure, répondit Louis, ce serait bien que nous partions en début d'après-midi pour ne pas rentrer trop tard.

— D'accord. Ambre ne pourra pas faire sa sieste, elle dormira dans la voiture, conclut sa mère.

Contents d'être ensemble pour ces fêtes de fin d'année, la soirée s'éternisa, la conversation alla bon train.

Chapitre 11
Quentin

Lorsque Joseph rentra, Quentin était allongé sur son lit et lisait un vieil exemplaire des *Trois mousquetaires* ; un du peu de biens qu'il avait réussi à conserver depuis sa descente aux enfers. Il l'avait déjà lu plusieurs fois, mais ne s'en lassait pas.

— Encore réveillé ? le questionna le septuagénaire.

— Oui, il n'est pas encore tard, je t'attendais.

Peu enclin au bavardage à cette heure-ci, le vieil homme se déshabilla et s'allongea à son tour avant d'éteindre la lumière.

— Bonne nuit.

— Merci, remercia le jeune homme, à toi aussi.

La nuit fut calme et bien plus revigorante que celles passées sur le banc du métro.

Malheureusement, ils savaient tous les deux que c'était provisoire.

Le lendemain, tous les deux se levèrent de bonne heure. Après avoir déposé leur drap jetable dans un box prévu à cet effet, Quentin et Joseph récupérèrent leur serviette de bain confiée la veille à l'accueil et filèrent vers la douche avec leur kit de propreté avant de passer à la consigne chercher une chemise propre.

Tandis qu'ils se rendaient au réfectoire, ils croisèrent l'infirmière de service.

— Ah, bonjour. Quentin Bellegart, c'est bien vous ?

— Bonjour, oui, c'est moi.

Je vous cherchais. Suite à votre agression et votre passage aux urgences, le docteur Sarel souhaiterait vous examiner avant votre départ.

— OK, j'irai le voir, merci.

Après un simple, mais copieux petit-déjeuner, Quentin informa son camarade qu'il se rendait au poste médical du « Refuge ».

— Tu m'attends ou tu t'en vas ?

Joseph réfléchit un bref instant en se grattant la tête avant de répondre.

— Je vais t'attendre, je suis curieux de savoir ce que te veut le médecin.

Quentin se dépêcha de rejoindre le cabinet

médical. Il frappa à la porte et attendit.

— Entrez !

— Bonjour, docteur.

— Bonjour, Quentin, installez-vous.

Le médecin le consulta soigneusement avant de lui annoncer.

— J'ai pu me procurer le compte rendu de votre hospitalisation. Compte tenu de votre état, nous avons décidé de vous accorder une place au « Refuge » pendant une semaine. Ensuite, il vous faudra chercher ailleurs.

Quentin se réjouit. L'hiver était là et sa côte le faisait toujours souffrir, mais il ne voulait pas abandonner son aîné, il refusa la proposition.

— Je vous remercie beaucoup, docteur, mais je ne peux pas accepter.

Le médecin haussa les sourcils, étonné. Habituellement, les pensionnaires étaient trop contents d'avoir une place.

— Pourquoi donc ? se renseigna-t-il.

Bien que gêné, ce dernier lui répondit franchement.

— Je ne veux pas laisser mon collègue Joseph seul. Vous savez, il a déjà soixante-douze ans ; c'est un peu mon grand-père.

— Je comprends, déclara celui-ci. Vous avez dormi dans la même chambre ?

— Oui, confirma-t-il, nous nous protégeons mutuellement.

Bien qu'embêté, le médecin prit malgré tout sa décision.

— Bon, exceptionnellement, il pourra rester avec vous. J'en informerai l'accueil. Voici également un peu de paracétamol pour les douleurs en cas de besoin. Par ailleurs, il faudrait vous rapprocher de l'assistante sociale, vous avez vingt-cinq ans et je pense que vous pouvez prétendre au RSA.

— Merci beaucoup, docteur, j'irai la trouver. Bonne journée, le salua-t-il en sortant.

— Bonne journée à vous également, Quentin. Bon rétablissement.

— Merci, docteur.

Trop heureux, Quentin se précipita vers l'accueil, pressé d'annoncer la bonne nouvelle à Joseph.

— Tu ne vas pas le croire ! déclara-t-il. Vu mon état, le médecin m'accorde une place pour une semaine (ce qui était le maximum autorisé). J'ai négocié pour toi aussi !

Surpris, les yeux du vieil homme s'embuèrent, puis il se reprit et le remercia.

— Ah, merci, mon grand ! Tu as assuré, je te revaudrai ça !

Malheureusement, ils n'eurent pas le temps de s'attarder davantage. Il était huit heures trente et à cette heure-là, le centre fermait ses portes après le petit-déjeuner.

Chapitre 12
Coralie

Ce samedi matin, excité par l'arrivée de ce nouveau petit compagnon, tout le monde se leva de très bonne heure. Pendant le petit-déjeuner, il ne fut question que de ça.

— Vous avez déjà acheté tout ce qu'il faut pour lui ? demanda Coralie.

— Oui. Collier, laisse, panier, gamelle. Tout est là, l'informa son grand-père. Pour l'alimentation, on verra avec l'éleveur.

— Crop, crop, bien ! déclara Ambre entre deux bouchées.

— On ne parle pas la bouche pleine, la sermonna sa mère, je te l'ai déjà dit.

Vexée, Ambre baissa la tête. Jeanne eut de la peine, elle n'aimait pas quand Coralie la disputait, mais ne dit rien ; l'éducation dépendait de sa mère.

— Bon, allez, on termine le repas et on met tout en place, proposa papou Louis. Ambre et moi nous allons nous en occuper, pas vrai ?

— Oui, répondit sagement la fillette.

En milieu de matinée, Jeanne demanda à sa petite-fille si elle acceptait d'aller acheter le pain.

— Pas de souci, j'y vais tout de suite.

Coralie s'assura qu'Ambre était sage puis prit son manteau et sortit. Dehors, il faisait froid, mais la neige avait disparu, laissant la place à un beau soleil hivernal. Elle respira profondément. Ce retour aux sources lui faisait du bien. Mains dans les poches, elle se dirigea vers la boulangerie de son enfance, lorsqu'elle passait ses journées chez ses grands-parents. Les propriétaires n'étaient plus les mêmes, mais le magasin n'avait pas changé. Une bonne odeur de pain chaud et de viennoiseries s'engouffra dans ses narines. Elle ferma les yeux, un bref instant, et revit l'adolescente insouciante qu'elle avait été. Elle acheta le pain ainsi que des petits fours et un bonhomme en pain d'épice pour Ambre ; ce serait pour le goûter. Une fois rentrée, elle s'enferma dans sa chambre et appela Géraldine, une de ses anciennes meilleures amies dont elle n'avait pas eu de nouvelles depuis quelque temps.

— Allô !

— Coucou, Géraldine, ça va ? C'est Coralie.

— Oh ! Coucou, ma belle, ça va ? Tu es où ?

— Oui, ça va. Je suis chez mes grands-parents. Je suis venue quelques jours pour les fêtes. Tu es disponible demain ? se renseigna-t-elle.

— Tu veux passer à la maison ? lui proposa son amie. Mes parents seront là, mais ce n'est pas grave.

— Non, je ne veux pas déranger. Et puis ce serait plus sympa si on n'était que toutes les deux. Tu ne peux pas t'échapper un moment ? On pourrait se retrouver au *Café des Épices*, il est toujours ouvert ?

— Oui, toujours. Mes parents doivent partir après le déjeuner, si tu veux on peut s'y rejoindre vers seize heures, ça te va ?

Coralie se réjouit, cela lui faisait plaisir de la revoir.

— Sans problème. Alors à demain, bonne journée !

— Bonne journée, ma belle.

La conversation terminée, elle raccrocha et descendit. Dans la cuisine, Ambre était en effervescence.

— C'est bientôt l'heure de partir ?

Sa mère lui caressa tendrement les cheveux, elle l'aimait tellement !

— Bientôt, ma puce. Nous allons d'abord

manger, ranger la vaisselle, nous partirons après.

— Ah ! répondit la fillette, pensive. Si tu veux, je pourrai vous aider, ça ira plus vite ! proposa-t-elle.

Jeanne et Louis sourirent discrètement, elle ne perdait pas le nord, la petite.

— C'est une bonne idée, si tu fais attention de ne rien casser, lui répondit sa mère, complice.

— Promis ! lâcha Ambre, très sérieuse.

Tout le monde éclata de rire.

Chapitre 13

Quentin

— Quentin, qu'est-ce que tu fais ce matin ? demanda Joseph.

— Je vais faire la manche dans le métro, comme d'hab. Tu m'accompagnes ? proposa ce dernier.

— Non, je rejoins les autres au square de la Montgolfière.

— OK, à plus tard alors !

Tandis que Joseph remontait la rue Charles Fourrier, sac à l'épaule, Quentin se rendit à la station de métro la plus proche. En ce début de week-end, il savait qu'il ne devait pas y avoir beaucoup de passagers, mais tant pis, se dit-il, il y aurait peut-être des touristes à cette époque festive ?

En fin de matinée, après avoir récolté quelques pièces et un ticket restaurant, il rejoignit son aîné qu'il retrouva accompagné de trois compères de fortune. Joseph avait sorti sa petite radio et, au son d'une vieille chanson, tous trois buvaient une bière en se remémorant le bon vieux temps.

— Salut, les gars ! lança Quentin.

— Salut ! répliquèrent les autres chaleureusement.

— Tu déjeunes aujourd'hui ? demanda le jeune homme à son aîné.

Joseph se tâta le ventre en répondant.

— Oui, cet après-midi, je bosse, il vaut mieux que j'offre un peu de réconfort à mon estomac.

— J'ai un ticket restaurant, on va manger ensemble ? lui suggéra Quentin.

Depuis près d'un an, le vieil homme avait trouvé un emploi précaire proposé par Pôle Emploi ; une douzaine d'heures par semaine pour accompagner des personnes ne pouvant voyager seules dans leurs trajets à la RATP ou à la SNCF. Malheureusement, son maigre salaire ne lui permettait pas d'avoir un domicile ni de vivre dignement. Une fois que l'on coule, il est très difficile de remonter à la surface, se disait-il très souvent.

Après avoir déjeuné, les deux compères se dirigèrent vers le métro. Joseph en direction de son lieu de travail, et Quentin vers le boulevard Hausmann.

— Tu crois vraiment qu'elle va passer tous les jours pour tes beaux yeux ? le taquina Joseph, avant qu'ils ne se séparent.

Quentin rougit.

— Je sais bien que non !

Mais au fond de lui, il l'espérait. Pas pour l'argent, il voulait juste la revoir.

Pendant le trajet, il repensa à ce que lui avait dit le médecin. S'il y avait moyen de toucher le RSA, ce serait toujours mieux que de mendier !

Une fois sur place, il s'installa comme d'habitude et attendit. En fin de journée, les pièces tintaient dans son gobelet ; malgré ça il se sentait terriblement misérable, la jeune femme n'était pas passée. Que croyait-il ? Malgré lui, une larme perla au coin des yeux. Comment remonter de ce gouffre dans lequel il était tombé ?

Chapitre 14
Coralie

Le trajet jusqu'à l'élevage de labradors situé à Mitry-Mory se passa dans la bonne humeur. Ambre, qui au début posait plein de questions, finit par s'assoupir contre l'épaule de sa mère. La circulation était fluide, malgré tout, ils mirent plus d'une heure pour y arriver. Lorsqu'ils stationnèrent devant l'adresse indiquée, ils furent accueillis par un concert d'aboiements.

— Ça y est ? demanda Ambre en bâillant.

— Oui, ma puce, viens, on y va.

Ambre donna la main à Coralie, pendant que papi sonnait au portail.

— Bonjour, je suis Louis Martineau. Nous avons rendez-vous.

— Bonjour, oui, en effet, confirma Michel, le propriétaire, en déclenchant l'ouverture du portail électrique. Entrez !

Il vint à leur rencontre en les priant de le suivre.

Tous les quatre s'engagèrent à la suite de l'éleveur sur un sentier bordé de petits conifères, accompagnés de deux mâles attentifs à la présence de ces nouveaux visiteurs.

— Venez, les plus jeunes sont dans ce hangar pour être plus au chaud.

Quand le propriétaire ouvrit la porte, Coralie et sa fille qui ne les avaient pas encore vus furent attendries par ces boules de poils.

Ambre était émerveillée

— Ils sont trop, trop beaux ! Je peux les caresser ? demanda-t-elle en se hâtant vers eux.

Michel accepta, mais pas sans avoir donné ses conseils d'abord.

— Oui, mais fais attention à leurs petites dents et évite de leur toucher les oreilles.

Curieux, les chiots se précipitèrent aussitôt vers eux en remuant la queue et en se bousculant les uns les autres.

La fillette se baissa tandis qu'ils essayaient de lui mordiller les chaussures. Pendant ce temps, l'éleveur attrapa le petit mâle qui allait rejoindre sa nouvelle famille.

— Voilà, je vous présente Tchaé de Black Soldière.

Ambre se releva instantanément et tendit immédiatement ses petites mains potelées. Ce dernier lui lécha le visage en se tortillant comme une anguille.

— Attention, ne le laisse pas tomber ! recommanda papou Louis. C'est encore un bébé.

Mais Ambre ne l'écoutait pas. Trop contente, elle serrait le petit animal contre elle en l'embrassant sur le dessus du crâne.

— Je crois qu'il a trouvé un compagnon de jeu ! déclara mamou Jeanne, en les admirant tous les deux.

À la demande de l'éleveur qui avait encore du travail, ils le suivirent jusqu'au bureau pour les dernières formalités avant le départ.

Une heure plus tard, ils se retrouvaient en route vers la maison, Tchaé sur les genoux d'Ambre dont le rire cristallin remplissait tout l'habitacle.

— À mon avis, ce Noël va être très différent ! lança Coralie en regardant sa fille. Je me demande même si ça vaut la peine que le père Noël passe !

Mais en admiration devant le chiot blotti contre elle, la fillette n'entendit même pas la réflexion de sa mère.

Une fois à la maison, Ambre était impatiente de lui montrer tous les recoins.

— Je peux jouer avec lui ?

— Non, pas tout de suite. D'abord, tu vas te laver les mains et goûter. Nous lui ferons découvrir ensuite sa nouvelle maison afin qu'il prenne ses repères. Tu joueras avec lui après, déclara Coralie.

— Par contre, ma petite princesse, il ne faut pas le porter sans arrêt, lui expliqua Louis, ce n'est pas bon pour lui. Ce n'est pas un jouet, tu comprends ?

— Oui, papou, répondit la fillette, très sûre d'elle.

Chapitre 15

Quentin

Étant donné qu'on lui avait volé son téléphone, ce matin-là en quittant le « Refuge », Quentin avait décidé, avec ses maigres économies, de s'en acheter un d'occasion. Un portable était toujours utile dans les conditions précaires dans lesquelles il vivait, cela permettait d'appeler les secours en cas de besoin. Il en avait vu un reconditionné à un prix très attractif dans un petit magasin du coin. Le billet de la belle inconnue y passerait, mais tant pis, il le fallait. Après avoir fait la manche, comme d'habitude, il se dirigea vers l'échoppe qui ferait son bonheur. Une fois devant, il vérifia d'abord que celui qui l'intéressait était toujours en devanture avant de rentrer.

— Bonjour !

— Bonjour, vous désirez ? lui demanda le vendeur.

— Je souhaiterais voir le téléphone LG L60 à quarante-neuf euros que vous avez en vitrine, indiqua Quentin.

L'employé ne se fit pas prier et alla le chercher.

— Tenez, le voici.

— Merci.

Quentin le prit et le regarda attentivement sous toutes ses coutures. Bien sûr, il n'était pas neuf, mais son apparence était correcte.

— Il fonctionne bien ? se renseigna-t-il néanmoins.

Le vendeur n'hésita pas à argumenter.

— Oui. Il a été révisé, vous n'aurez aucun souci. De plus, il a une garantie de trois mois.

Quentin l'examina une dernière fois avant de se décider. De toute façon, il n'avait pas les moyens de choisir.

— Très bien, je le prends. Vous vendez des cartes prépayées également ?

— Non, mais vous en trouverez juste à côté, au bureau tabac.

Quentin paya et sortit. Puis, après avoir acheté la carte SIM, il appela aussitôt Joseph.

— Allô !

— Allô, Joseph, c'est moi.

— Ah, ça y est, tu l'as acheté ? se renseigna ce

dernier.

— Oui. C'est mon nouveau numéro, enregistre-le.

— OK, répondit son aîné d'une voix hachée.

Quentin s'en aperçut et s'inquiéta.

— Tu as une drôle de voix, tout va bien ?

Le vieil homme le rassura.

— Ça va, ne t'en fais pas.

Quentin n'était pas serein pour autant.

— Tu es où, là ? Au square Montgolfière avec les autres ?

— Oui.

— Je vous rejoins tout de suite.

Quand Quentin arriva près de l'endroit où se trouvaient ses compagnons, il vit au loin le gyrophare d'une ambulance. Son cœur s'emballa. Il eut un mauvais pressentiment et accourut.

— Qu'est-ce qui se passe ? cria-t-il.

— Joseph vient d'avoir un malaise, l'informa Didier. On faisait une partie de ping-pong pour se réchauffer un peu, d'un seul coup, sans que je m'y attende, il est tombé et il s'est cogné la tête.

Quentin s'approcha du véhicule des pompiers afin de se renseigner.

— Bonjour, c'est grave ? Où l'emmenez-vous ?

— Bonjour. Cela a tout l'air d'un malaise vagal, lui répondit le pompier. Nous l'emmenons aux urgences.

Ne voulant pas laisser seul son ami, Quentin insista.

— Comment va-t-il ? Je peux venir avec lui ?

— Vous êtes de la famille ? questionna le médecin qui l'examinait.

— Non, un ami.

— Savez-vous s'il a de la famille ? poursuivit celui-ci.

— Pas à ma connaissance. Nous sommes des compagnons de fortune, il ne m'en a jamais parlé.

Comprenant la situation, le médecin accepta sans plus de questions.

— Dans ce cas, vous pouvez l'accompagner si vous le souhaitez.

Le jeune homme ne se fit pas prier et grimpa dans le véhicule. Sur le trajet, Joseph reprit connaissance. En ouvrant les yeux, il fut surpris de se trouver dans une ambulance.

— Qu'est-ce qui se passe ? Qu'est-ce que je fais ici ? s'affola-t-il en essayant de se relever.

Quentin le rassura du mieux qu'il put.

— Bouge pas, ça va aller. Tu as eu un malaise, tu as une coupure au front. On va aux urgences.

— Non, ce n'est pas la peine, s'énerva Joseph

en tentant à nouveau de se relever, car il détestait les hôpitaux.

— Ne vous agitez pas, restez calme. On vous emmène juste faire quelques examens de routine, l'informa le médecin. Vous aurez également deux ou trois points de suture au front, mais rien de méchant.

Finalement, en fin d'après-midi, Joseph et Quentin quittèrent les urgences. Cela avait bien été un malaise vagal causé par le stress et la fatigue et dû à sa mauvaise hygiène de vie. Rien de grave pour le moment, mais c'était à surveiller, car Joseph n'était plus très jeune. Le vieil homme regarda sa montre, il était dix-sept heures trente.

— Il vaut mieux se diriger tout de suite vers le « Refuge », proposa Quentin. Comme ça, nous serons dans les premiers à entrer. Tu as besoin de repos.

Le septuagénaire fixa Quentin avec gratitude.

— Tu as raison. Merci de m'avoir accompagné.

— De rien, c'est normal.

La soirée se passa calmement pour Joseph et Quentin. Ce dernier avait été attentif aux moindres mouvements de son aîné, de peur d'un nouveau malaise. Il l'avait même dissuadé de sortir boire une bière après le dîner, comme il en avait l'habitude. N'ayant pas trop la forme tous les deux, ils avaient fini par se coucher de bonne heure.

Chapitre 16
Coralie

La nuit avait été difficile. Loin des siens, Tchaé avait couiné durant plusieurs heures jusqu'à ce que papi Louis se lève et décide de porter le panier dans leur chambre. Là, sentant une présence, le chiot s'était endormi, laissant enfin la maisonnée se reposer.

Réveillée de bonne heure en ce dimanche matin, Ambre s'était précipitée vers le hall d'entrée à la recherche de son nouvel ami. Il n'y était pas. Stupéfaite, elle courut vers la cuisine en l'appelant. Arrivée comme une tornade, elle faillit l'écraser.

— Attention ! la rabroua gentiment mamou Jeanne. À présent, il faudra arrêter de courir dans la maison. Tu vois, il est encore petit et toi tu es une grande fille.

La fillette la regarda si sérieusement de ses beaux yeux verts que son aînée eut toutes les peines du monde de se retenir de rire.

— Oui, mamou, je suis grande maintenant, je vais faire attention à lui !

Elle se baissa, le caressa longuement tandis qu'il lui léchait les doigts de sa petite langue rose.

La matinée se passa calmement. Ambre avait fait des efforts, mais ne pouvait s'empêcher de suivre le petit animal partout. Parfois fatigué, il s'arrêtait net et s'endormait sur place, Ambre assise à ses côtés. Papou le sortit plusieurs fois dans le jardin afin de l'habituer à faire ses besoins dehors. Quand ce fut l'heure du repas, tout le monde s'attabla tandis que Tchaé fut placé dans son panier dans le hall d'entrée et la porte de la salle à manger fermée pour qu'il ne s'habitue pas à venir quémander. Cela permettait également à la fillette de déjeuner calmement.

Resté seul, Tchaé décida de partir en exploration. Il fit le tour de l'entrée avant d'être attiré par l'air extérieur qui filtrait par la porte principale. Il s'approcha puis à l'aide de son museau et de ses pattes, il finit par l'entrebâiller avant de se faufiler dehors. Personne ne s'en était aperçu, mais lorsqu'ils étaient rentrés du jardin, Ambre avait mal fermé la porte. Seul il courut à droite et à gauche derrière tout ce qui l'appâtait. Malheureusement, poussé par sa curiosité, il se hasarda par un petit trou du grillage, caché derrière un buisson, que Louis n'avait pas remarqué et donc pas réparé avant l'arrivée de l'animal. Museau au vent, il suivit son instinct et partit à l'aventure en flânant de droite à gauche, en reniflant toutes ces nouvelles odeurs intéressantes. Heureusement, à cette heure-ci, il y avait peu de circulation. Soudain, il aperçut un chat. Effrayé, celui-ci s'enfuit, le chiot à ses trousses. Trottant sans s'arrêter, sa petite langue pendouillant, il s'éloignait de plus en plus de son nouveau domicile.

Pendant ce temps, à la maison, le repas se passait allègrement sans que nul ne se doute du danger que courait leur petit compagnon. Ambre fut la première à sortir de table après en avoir eu l'autorisation.

— Tchaé, Tchaé ! l'appela-telle en courant vers l'entrée.

Rien ! Aucune trace ! Elle le chercha partout puis, désorientée par la disparition de l'animal, elle éclata en sanglots.

— Maman, maman, cria-t-elle en hoquetant tandis que ses larmes coulaient à flots.

Étonnée, Coralie se précipita, sa fille se jeta dans ses bras.

— Que se passe-t-il, ma puce ?

— C'est Tchaé ! Il…, il… il est pas là, sanglota-t-elle.

Sa mère essaya de la consoler.

— Calme-toi. Il doit être caché quelque part. Nous allons le chercher, d'accord ?

Plus rassurée, la fillette concorda.

À ce moment, un courant d'air la parcourut, Coralie remarqua que la porte d'entrée était légèrement entrouverte, elle comprit que le chiot était dehors. Elle sortit sur le pas de la porte et l'appela.

Rien !

Entre-temps, attirés par les pleurs de leur arrière-petite-fille, Jeanne et Louis avaient accouru à leur tour.

— Que se passe-t-il ? demanda Jeanne.

Grelottante de froid, Coralie était rentrée afin de récupérer un manteau.

— Tchaé a disparu.

Papi Louis blêmit. Il tenait énormément à ce chiot. Il l'avait suivi depuis sa naissance jusqu'à son sevrage. Cela faisait à peine un jour qu'il était là, il ne pouvait pas le perdre comme ça ! Il devait le retrouver.

— Il faut regarder dans tous les recoins, couvrez-vous, conseilla Louis, il fait très froid.

Toute la maisonnée se vêtit chaudement avant

de se rendre dans le jardin scruter les moindres recoins. Au bout d'un moment, Coralie appela les siens.

— Venez voir !

Derrière un arbuste, il y avait un trou dans le grillage et des poils clairs y étaient accrochés. Louis blêmit.

— Mon Dieu, c'est de ma faute ! Je ne l'avais pas vu celui-là. Il va se faire écraser !

Lucide, Jeanne intervint à son tour et prit les choses en main.

— Ne paniquons pas. Elle regarda sa montre. Il est quatorze heures. Cela fait donc, deux heures qu'il s'est sauvé, peut-être moins. Il faut partir immédiatement à sa recherche. Toi, Louis, vas-y tout de suite. Tu regardes partout dans les environs, tu demandes aux voisins, aux passants en leur montrant une photo. Toi, Coralie, si ça ne te dérange pas, tu rédiges une annonce et tu en imprimes plusieurs que tu colleras chez les commerçants ouverts ou dans tous les endroits où ce sera possible. Je pense qu'il faut mettre une récompense. Qu'en penses-tu, Louis ?

Ce dernier répondit sans hésiter.

— Oui, propose cent euros.

— OK, répliqua Coralie, je m'en occupe.

— Moi je reste ici avec Ambre, déclara Jeanne

au cas où il y aurait du nouveau.

Sans plus attendre, Louis quitta le domicile tandis que sa petite-fille se dirigeait vers le bureau. Elle rédigea l'annonce en un clin d'œil en y mettant la photo, le montant offert ainsi que le numéro de téléphone de son grand-père. Les feuilles en main, elle sortit promptement.

— Bonne chance ! lui lança Jeanne tandis qu'Ambre recommençait à pleurer.

En chemin, Coralie passa rapidement un coup de fil.

— Allô, Géraldine !

— Allô, oui, Coralie, tout va bien ? On se voit toujours tout à l'heure ?

Ce fut une voix voilée par l'émotion qui lui répondit.

— Non, désolée, ce ne sera pas possible. Le chiot de mes grands-parents a disparu, nous partons à sa recherche. Je ne sais pas combien de temps cela va nous prendre. Je te rappellerai ce soir.

— OK, pas de souci. Vous avez besoin d'aide ?

— Non, ça ira, merci. À plus tard !

Chapitre 17

Quentin

N'étant que deux dans la chambre, Joseph et Quentin s'étaient reposés un maximum et étaient bien disposés au réveil.

— Comment tu te sens ce matin ? questionna le jeune homme.

Attendri par la sollicitude de son petit-fils d'adoption, le vieil homme tendit la main vers lui pour lui caresser les cheveux, mais pris d'un accès de pudeur, il arrêta son geste avant.

— Bien, merci !

— Tant mieux, tu m'as fait peur ! confia Quentin, tranquillisé. Aujourd'hui, évite de rester toute la journée au froid. Il vaut mieux essayer une galerie marchande ou un parking chauffé. Je t'accompagne.

Bien que touché par la proposition de celui-ci, Joseph refusa.

— Ça va aller, je te promets. Tiens, pour te rassurer, je vais passer la matinée dans la galerie du Cora. Je déjeunerai là-bas, ensuite j'irai passer un moment au « Cœur du 5 ». Ça te va, docteur ?

Le jeune homme le scruta un moment afin de s'assurer qu'il ne mentait pas.

— Tu es sûr ? insista-t-il néanmoins.

— Oui.

— OK. Dans ce cas, soit je te retrouve là-bas, soit ce soir ici.

— C'est noté, à ce soir.

Satisfait, Quentin quitta le centre d'accueil. Étant donné qu'on était dimanche, il ne se dirigea pas vers la rame de métro habituelle, mais plutôt vers les quartiers un peu plus huppés. Pour ne pas avoir froid, il marcha toute la matinée, demandant l'aumône aux passants croisés par-ci par-là jusqu'à ce que son ventre crie famine. Alors fatigué, il s'installa devant une boulangerie dans le 15e arrondissement, non loin du parc Georges Brassens. Habitants et touristes défilaient devant lui, emmitouflés et pressés de se mettre au chaud. Quentin les regardait avec envie, mais se contenta de remonter sa capuche sur la tête. Il pensa à Joseph. Il aurait aimé lui offrir quelque chose, mais avec l'achat de son téléphone, son maigre budget ne le lui permettait pas. Pourrait-il un jour le remercier de l'avoir aidé dans cette vie hostile ?

Il le désirait de tout cœur sans trop y croire. Une bonne odeur de pain frais et de pâtisseries s'insinuait dans ses narines à chaque fois qu'un client entrait et sortait. Comme ce serait bon d'avoir une maison, une famille afin de partager ce moment de l'année si particulier. Son cœur se serra, ce souhait ne se réaliserait plus jamais. Sa vie n'avait été qu'un échec depuis sa naissance. Pourquoi serait-elle meilleure dorénavant ? Aujourd'hui, il était découragé, le désespoir l'assaillait. À la fermeture de la boulangerie, il avait quand même réussi à récupérer une dizaine d'euros et deux croissants qu'il dégusta sur place avant de partir. Il prit ses affaires puis se dirigea vers le parc afin de se rendre dans un bar situé de l'autre côté. Un café l'aiderait à se réchauffer. Tandis qu'il passait l'entrée de l'immense jardin, une affiche collée sur un poteau attira son attention. Encore un animal perdu, pensa-t-il en voyant la photo. Il s'approcha et lut l'annonce attentivement.

—Pfiu ! souffla-t-il. Cent euros de récompense, c'est intéressant ! Apparemment, ce chiot s'est perdu rue Dantzig, donc tout près d'ici. Avec ses petites pattes, il n'a pas dû aller bien loin.

Il arracha le papier qui donnait le numéro de téléphone et se lança à sa recherche. Il n'avait rien d'autre à faire et si cela pouvait lui permettre de gagner un peu d'argent tout en rendant le bonheur à une famille, il n'hésiterait pas. Malgré son sac à dos qui lui pesait, il organisa ses recherches méthodiquement en commençant par le parc. Néanmoins, celui-ci était immense, ce ne serait pas facile.

***

Pendant ce temps, après deux heures de recherches infructueuses auprès du voisinage et des rues environnantes, papi Louis rentra à la maison. Accablé par la fatigue et l'inquiétude, il avait besoin de se reposer un instant. Il n'était plus très jeune !

— Alors, rien ? questionna sa femme en le voyant arriver les mains vides, l'air sombre.

— Non, malheureusement, et Coralie ? Tu as des nouvelles ?

— Aucune, pour le moment.

Louis souffla, découragé.

— Je vais boire un petit café pour me réchauffer, je repartirai après. Si on ne le retrouve pas avant qu'il ne fasse nuit, je crains le pire.

Ambre, qui écoutait en silence, éclata à nouveau en sanglots.

— On ne verra plus Tchaé, il va mourir de froid à cause de moi !

Son arrière-grand-mère la prit dans ses bras.

— Mais non, voyons, c'est la faute de personne, essaya-t-elle de la consoler. Je parie que maman va revenir avec lui.

Les larmes de la fillette cessèrent un instant. Elle renifla, passa sa manche sur le nez puis se précipita vers la fenêtre afin de surveiller le retour de sa mère.

Chapitre 18
Tchaé

Tandis que Louis reprenait un peu du poil de la bête en buvant son café, Quentin arpentait les allées, regardait derrière les buissons et les arbres tout en appelant le nom inscrit sur l'affiche. Après un long moment de recherches, déçu, il s'arrêta un instant afin de réfléchir. Dans moins d'une heure, le parc fermerait ses portes. Sous peu, la nuit tomberait, le chiot risquait de ne pas survivre au froid glacial qui se faisait sentir en cette fin de journée. Il tourna sur lui-même, la main en visière afin d'avoir une vue d'ensemble. Soudain, un caquètement de canards et un plouf attirèrent son attention. Il se précipita dans cette direction. Bien lui en prit. Surpris par l'eau froide, un chiot pataugeait énergiquement pour sortir du bassin. Quentin l'appela doucement en le rassurant, il était sûr que c'était lui.

— Tchaé, reste calme, je vais te sortir de là.

L'animal le regarda, apeuré, mais se laissa faire tout en couinant et en gesticulant. Quentin l'attrapa tant bien que mal par le collier. Trempé, Tchaé tremblait de tous ses membres. Étant donné qu'il n'avait rien pour l'essuyer, Quentin ouvrit sa doudoune et le serra contre lui. Sous le corps froid, du chiot, il frissonna, mais tint bon.

— Bouge pas, Tchaé, reste sage, lui murmura ce dernier.

Rassuré contre le corps chaud de son sauveteur, Tchaé se détendit. Quentin prit alors son téléphone et appela le numéro qui se trouvait sur l'affiche.

Louis, qui avait revêtu son grand manteau bien chaud et s'apprêtait à sortir, décrocha aussitôt.

— Allô !

— Allô, oui, bonjour.

— Bonjour, monsieur, j'ai retrouvé votre chien.

Au bout du fil, Louis laissa échapper un soupir de soulagement avant de demander.

— Comment va-t-il ?

— Bien, mais il est trempé et frigorifié, et moi aussi ! À quelle adresse dois-je le ramener ?

Quentin nota l'information avant de rajouter.

— Je ne suis pas loin, je serai là rapidement.

La neige tombait maintenant à gros flocons, le froid transperçait ses vêtements, il accéléra le pas.

En raccrochant, Louis avait le sourire aux lèvres.

— Qui était-ce ? demanda Jeanne en voyant sa mine réjouie.

— Tchaé a été retrouvé. La personne sera là d'un moment à l'autre.

Émue, sa femme l'embrassa tendrement, soulagée elle aussi.

— Vite, appelle Coralie.

Lorsque Quentin arriva devant l'adresse indiquée, il eut un pincement au cœur et se sentit mal à l'aise. Autrefois, il avait connu quelqu'un qui avait de la famille ici et qu'il avait souvent raccompagné jusqu'à la porte d'entrée. Si souvent ! pensa-t-il. Il chassa cette idée de son esprit. De toute façon, il ne connaissait pas les propriétaires et était pressé de faire sa bonne action. Il sonna à la porte. Celle-ci s'ouvrit à la volée, laissant la place à un homme qui se précipita, une couverture à la main. Il la balança sur les épaules du visiteur et le pria d'entrer rapidement. Sans un mot, ce dernier obtempéra. À l'intérieur les attendaient une belle femme d'âge mûr et une fillette.

En voyant le bout du museau de l'animal, Ambre se précipita en criant.

— Tchaé ! Tchaé ! Ma petite truffe de Noël !

Je peux le tenir ?

— Tout à l'heure, quand il sera bien sec, déclara papou, en prenant le chiot dans ses bras tandis que sa femme examinait attentivement le jeune homme ainsi que ses vêtements.

— Oh, mais il me semble vous avoir déjà vu ! lâcha Jeanne, stupéfaite. Vous n'étiez pas l'autre jour devant le magasin Lafayette ?

Honteux de sa condition, Quentin baissa les yeux, n'osant pas répondre.

— C'était bien vous, n'est-ce pas ? insista-t-elle.

— Oui, finit-il par lâcher du bout des lèvres.

Voyant sa gêne, cette dernière enchaîna aussitôt.

— Vous prendrez bien un petit café pour vous réchauffer ? proposa-t-elle alors. En plus, vous êtes tout mouillé, je vais vous chercher un pull !

— Je ne veux pas vous déranger, madame, répondit Quentin mal à l'aise.

— Mais non, c'est avec plaisir. Louis, conduis-le dans le salon, je reviens.

Tandis qu'Ambre, qui ne les lâchait plus, son mari et le jeune homme s'installaient, Jeanne brancha la cafetière. Et pendant que le café coulait, elle se dirigea vers la penderie. Elle revint quelques instants plus tard avec un plateau chargé d'un café et d'un thé ainsi que des biscuits qu'elle posa sur la table.

— Allez-y, servez-vous, les invita-t-elle.

Pendant qu'ils prenaient cette petite collation, elle retourna chercher le sac en plastique qu'elle venait de préparer.

— Comment vous appelez-vous ? s'informa-t-elle.

— Quentin.

— Quentin comment ? Si ce n'est pas indiscret, continua-t-elle en sortant des vêtements du sac.

Le jeune homme hésita avant de se décider. De toute façon, qu'avait-il à perdre à dire son nom de famille ?

— Quentin Bellegart.

Toujours avec entrain, Jeanne poursuivit.

— Ah, très bien ! Vous êtes tout mouillé, Quentin, vous allez attraper la crève. L'autre jour, j'ai fait le tri dans nos vêtements. Accepteriez-vous cette doudoune et ce pull de mon mari ? Ils ne sont pas trop modernes, mais ils sont neufs, mon mari ne les a jamais portés. Cela devrait vous aller, il est aussi mince que vous.

Quentin hésita, la charité le gênait toujours. D'un autre côté, ces vêtements étaient également une aubaine par ce temps glacial.

— Je ne sais pas, je…, je… ne suis pas venu

pour ça, bégaya-t-il, mal à l'aise.

Malgré le trouble du jeune homme, Jeanne ne se démonta pas.

— Je le sais bien ! De toute façon, nous allons les porter à la Croix rouge, alors autant que vous en profitiez aussi, si vous le souhaitez bien sûr ! Néanmoins, s'ils ne sont pas à votre goût, je ne veux pas vous les imposer. Mettez au moins ceux-là le temps que les vôtres sèchent.

Il mit sa fierté de côté et obéit. Il se retrouva habillé d'un pull bien chaud et d'une super doudoune de qualité.

— Vous avez où faire nettoyer vos affaires ? insista Jeanne qui ne savait pas pourquoi elle tenait tant à l'aider comme l'avait fait sa petite-fille l'autre jour. D'ailleurs, elle ne devrait pas tarder, pensa-t-elle.

— Oui, ne vous inquiétez pas, madame, merci beaucoup. Je vais y aller maintenant.

Louis se leva aussitôt.

— Attendez, je vais chercher votre récompense.

Tandis que Quentin patientait dans le salon en compagnie de Jeanne qui tenait à son tour Tchaé dans ses bras, Coralie arriva à la maison.

Lorsqu'elle entendit la porte d'entrée, l'enfant se précipita vers sa mère.

— Maman ! s'exclama-t-elle. Un monsieur a

ramené Tchaé.

Sa mère la regarda tendrement en lui caressant les cheveux.

— Oui, je sais, mon amour !

— Viens, le monsieur est là avec mamou.

La jeune femme suivit sa fille qui la tirait par la main.

— Bonsoir ! lança-t-elle avant même d'avoir vu le visage du visiteur.

— Ah, Coralie, te voilà enfin ! Voici Quentin, le jeune homme qui a retrouvé Tchaé, tu le reconnais ?

— Bonsoir, répondit à son tour l'intéressé, décontenancé par cette étrange coïncidence. C'était la généreuse donatrice de l'autre jour dont il rêvait depuis. Néanmoins, ce qui le troubla le plus, ce fut son prénom, Coralie, à cette adresse précisément.

Quelque chose fit tilt au fond de lui. Se pourrait-il que ce soit elle ? Non, ce n'était pas possible, elle ne ressemblait pas à l'image qu'il en avait gardée.

— Ma petite-fille vit aux États-Unis, elle est venue passer les fêtes de fin d'année avec nous, jugea bon d'expliquer la propriétaire.

À cette information, Quentin pâlit. Il n'eut plus aucun doute, c'était elle, il en était sûr ! Comme elle avait changé ! Elle devait être mariée, elle avait une petite fille. Il n'eut plus qu'une envie, quitter cette maison au plus vite.

Coralie l'examina à son tour. Oui, c'était bien le SDF de l'autre jour. Elle croisa son regard un bref instant et détourna immédiatement les yeux. Elle était toujours aussi perturbée à chaque fois qu'elle voyait un homme aux yeux verts.

— Merci, lâcha-t-elle poliment, vous faites des heureux.

Elle s'éclipsa ensuite vers la cuisine, alors que son grand-père les avait rejoints.

— Tenez, Quentin, voici votre récompense. Et encore merci.

Ce dernier prit les billets avant de suivre Louis vers la sortie, un sac en plastique à la main contenant ses vêtements mouillés.

— Merci, monsieur. Bonnes fêtes de fin d'année, déclara poliment le jeune homme en sortant rapidement.

— À vous aussi !

Sans se retourner, Quentin s'éloigna dans le froid et la nuit qui venait de tomber. Dans la cuisine, Coralie était perturbée malgré elle. Ces superbes yeux verts ! Ce prénom ! Était-ce vraiment lui ? Le destin avait-il décidé de lui jouer un tour ? Elle rejoignit ses grands-parents dans le salon. En voyant Ambre s'amuser avec le chiot, elle sourit. Elle engagea ensuite la conversation afin de poser la question qui lui brûlait les lèvres.

— Encore heureux que ce jeune homme ait retrouvé Tchaé.

— Oui, répondit papi Louis. Demain, je l'emmènerai chez le vétérinaire afin de m'assurer que tout va bien.

— Et comment s'appelle exactement ce sauveur de chiens ? glissa-t-elle en blaguant.

Étonnée par cet intérêt soudain, sa grand-mère la regarda attentivement. Elle avait l'impression que quelque chose lui échappait.

— Quentin Bellegart, l'informa-t-elle. Pourquoi ?

Coralie blêmit, ses mains tremblèrent légèrement. Elle dissipa au mieux son malaise en répondant vaguement. Il était tellement différent ! Elle ne l'avait pas reconnu mais maintenant elle savait que c'était lui. Comme il avait dû souffrir !

— Juste par curiosité, répliqua-t-elle avant d'enchaîner aussitôt sur autre chose. Tu veux que je t'aide pour le dîner ?

Néanmoins, sa grand-mère n'avait pas été dupe, elle avait bien remarqué le trouble de sa petite-fille, mais ne dit rien.

— C'est pas de refus, je ne suis pas très en avance ce soir après toutes ces émotions.

Les deux femmes s'affairèrent dans la cuisine et bientôt le repas fut prêt, mais les pensées de Coralie étaient ailleurs.

Chapitre 19

Quentin

Sur le trajet du retour vers le « *Refuge* », Quentin était très affecté par cette rencontre. Son cœur battait à tout rompre. *C'est elle ! Ce ne peut être qu'elle !* se disait-il sans arrêt, encore plus triste et découragé que d'habitude. Comme elle avait changé ! Il ne l'avait pas reconnue lors de leur première rencontre devant le magasin. Des larmes perlèrent au coin de ses yeux, puis glissèrent le long de son visage, y laissant un sillon salé. Il ne les retint pas. Savoir qu'elle avait une enfant avec un autre homme, alors que lui avait sombré dans la misère, lui faisait mal. Tous ces souvenirs qui refaisaient surface étaient trop difficiles à supporter, il devait l'oublier. Puis il se rappela l'aumône qu'elle lui avait donnée et il eut honte. Honte de ce qu'il était devenu, un SDF, un moins que rien ! De toute façon, il n'avait jamais été à sa hauteur. Leur histoire n'aurait jamais fonctionné, essayait-il de se convaincre, tandis que son cœur saignait. Quand il arriva enfin au *Refuge*, Joseph le trouva morose et il comprit que quelque chose n'allait pas.

— Salut ! Ta journée n'a pas été bonne apparemment !

— Salut ! Oui et non. J'ai gagné cent euros mais en contrepartie, de vieux démons sont remontés à la surface. Et toi, ça va ?

Le vieil homme ne répondit pas à sa question et enchaîna.

— Tu veux en parler ? demanda-t-il.

Mais Quentin n'était pas disposé à aborder ce sujet pour le moment.

— Pas maintenant !

Joseph insista.

— Cela te ferait du bien !

Le jeune homme apprécia l'aide de son aîné, mais ne se sentait pas prêt.

— Peut-être tout à l'heure, si ça va mieux !

La conversation s'arrêta là, ils firent la queue avec les autres, en silence. Après le dîner, ne se sentant pas d'humeur à entendre le bruit qui régnait dans le réfectoire, le jeune homme regagna sa chambre et s'allongea. Joseph sortit fumer une dernière cigarette. Dehors, les flocons voltigeaient au gré du vent avant de fondre en touchant le sol tandis que les illuminations de Noël apportaient également une touche féerique au paysage. Le septuagénaire frissonna, il était temps de rentrer. Il éteignit son mégot puis rejoignit à son tour la chambre.

Perdu dans ses pensées, Quentin ne l'entendit pas rentrer et sursauta. Dans ces centres d'accueil, il fallait être toujours sur ses gardes.

— Ah, c'est toi ! déclara-t-il, soulagé. Tu n'es pas resté longtemps.

— Non, il fait froid dehors, indiqua le vieil homme en retirant son manteau avant de s'asseoir sur son lit. Puis tenant absolument à aider son protégé, il hasarda. Tu veux en discuter maintenant ?

Quentin hésita. Il n'avait encore jamais parlé de son histoire avec Coralie à personne. C'était sa vie privée. Et puis, que lui aurait-on dit ? Tu es jeune, tu vas vite l'oublier, tu en trouveras une autre ! Malheureusement, ce n'était pas le cas. De toute façon, personne ne le comprendrait ! Néanmoins, il en avait gros sur le cœur ce soir-là et se laisser aller à la confession le soulagerait peut-être.

— C'est sans doute mieux ! finit-il par répondre. Après un instant d'hésitation, il débuta son récit. Cet après-midi, j'ai vu une petite annonce pour un chiot perdu. Je l'ai retrouvé et rapporté au propriétaire. Il s'avère que cet animal appartient à la famille de la jeune femme qui m'a donné l'autre jour les cinquante euros.

— Toi qui souhaitais la revoir, c'est une bonne chose, non ? l'embêta Joseph en rigolant.

— Non !

La réponse cinglante l'arrêta net. Il n'y comprenait rien.

— Non ?

Quentin respira profondément, les mots semblaient coincés dans la gorge.

— Cette jeune femme, s'appelle Coralie, elle vit aux USA. Et comme par hasard, sa famille habite exactement à la même adresse que celle des grands-parents de ma dernière petite amie qui avait le même prénom et qui est partie également vivre dans ce pays.

Le silence s'installa un moment, ce dernier avait du mal à poursuivre.

— Et ? insista Joseph, voulant connaître la suite.

— Je n'ai jamais rencontré ses grands-parents, mais cela fait beaucoup de coïncidences. Je suis convaincu que c'est elle ! Elle a beaucoup changé physiquement, je ne l'aurais sans doute pas reconnue. Mais ce prénom et cette adresse ne me laissent aucun doute.

Compréhensif, son aîné le regarda avec compassion, mais ne lâcha rien.

— Ce n'est pas une raison pour te mettre dans cet état. Tu es sous le choc, ça va passer, l'encouragea ce dernier.

Quentin ne répondit pas à la remarque et poursuivit son histoire, revenant six ans en arrière.

— Coralie et moi étions dans le même lycée. Nous étions extrêmement amoureux. Malheureusement, son père ne pouvait pas me blairer. Il voyait cette relation d'un très mauvais œil. Pour lui, un enfant de la D.A.S ne peut être qu'un délinquant sans futur. Regarde-moi, si ça se trouve, il a raison ! En tout cas, il a tout fait pour nous séparer. Je travaillais comme simple serveur, je n'étais pas assez bien pour sa fille, tu comprends ! Du jour au lendemain, il a embarqué toute sa famille aux USA, ça fait six ans. Je n'ai jamais pu l'oublier. Je la revois aujourd'hui sans m'y attendre, en plus elle a une enfant. Une enfant, tu m'entends ! Ça veut dire qu'elle est mariée. Elle m'a vite oublié.

— Elle t'a reconnu ? questionna Joseph, intrigué par toute cette histoire.

Quentin haussa les épaules.

— Je ne pense pas, tu as vu mon apparence ! En tout cas, elle n'en a rien montré.

Son aîné réfléchit un instant avant de

demander.

— Si tu es vraiment sûr de toi, pourquoi tu n'essaies pas de lui parler afin de mettre les choses au clair ?

Contrarié d'avoir raconté son histoire, le jeune homme s'emporta.

— Jamais ! Je ne suis qu'un miséreux, un moins que rien ! Maintenant plus que jamais, ma vie n'est plus avec elle. Quand je pense que j'ai accepté son argent, déclara-t-il en se passant nerveusement la main sur les cheveux. Je n'ose même pas me regarder dans une glace.

— Ce n'est pas grave, insista son camarade. Tu ne le savais pas. La vie, parfois, nous joue des tours, il faut l'accepter. Tu verras, un jour ou l'autre la roue tournera et ça ira mieux, j'en suis sûr, tenta-t-il pour lui remonter le moral.

Malheureusement, toutes ces paroles ne suffirent pas à le convaincre. Il émit un bref grognement et ne donna aucune suite à la conversation.

Aucun des deux n'ayant plus rien à se dire, ils s'endormirent.

Chapitre 20

Coralie

Cette nuit-là, Coralie dormit mal. Elle pensa à son adolescence, à Quentin, à cette rencontre inattendue grâce à Tchaé. Elle se tourna et retourna dans son lit, les larmes aux yeux, le nez bouché, avant de trouver le sommeil aux aurores. Le destin s'acharnait sur eux. Le lendemain, au réveil, elle avait de gros cernes qui préoccupèrent sa grand-mère.

— Ça va, Coralie ? Tu es malade ?

Celle-ci la rassura aussitôt.

— Non, non, ne t'inquiète pas, mamie. J'ai juste mal dormi, j'ai mal à la tête.

— Alors, un bon petit-déjeuner va te remettre d'aplomb, déclara son aînée en l'embrassant sur la joue.

Coralie approuva et s'installa avant d'enchaîner.

— Ah, au fait, hier je devais rencontrer mon

amie Géraldine, mais avec la disparition de Tchaé j'ai dû annuler. On se voit cet après-midi, mentit-elle. Elle avait une idée en tête, mais ne souhaitait pas la dévoiler. Cela ne te dérange pas de garder Ambre ?

— Pas du tout. Elle voudra sûrement jouer avec Tchaé. Ton grand-père l'emmène chez le vétérinaire ce matin pour vérifier son état de santé, ensuite ils seront là le reste de la journée.

La matinée passa rapidement. Après le petit-déjeuner, Coralie alla acheter le pain en compagnie de sa fille, trop contente de faire une promenade et surtout d'admirer les décorations de Noël déployées un peu partout dans tout le quartier. Soudain, une incertitude traversa l'esprit de la fillette.

— Maman, tu crois qu'il va bien Tchaé ? questionna-t-elle, inquiète pour le petit animal.

— Oui, je le pense, mais nous le saurons dès que papou sera de retour, la rassura sa mère.

— Je pourrai jouer avec lui ?

Sa mère lui ébouriffa les cheveux.

— Oui, si tu es sage, car maman va s'absenter cet après-midi.

Une fois rentrée, Coralie s'enferma dans sa chambre un instant afin d'appeler Géraldine.

— Allô !

— Salut ! lui répondit cette dernière. Ça va ? Vous avez retrouvé le chiot ?

— Tout va bien, merci.

Géraldine fut soulagée.

—Tant mieux. On se voit cet aprèm ? demanda-t-elle.

Coralie soupira, celle-ci allait être désappointée.

— Je suis désolée, j'ai encore un problème aujourd'hui. Hier, j'ai fait une rencontre extrêmement bizarre, je veux tirer ça au clair.

Elle sentit la déception de son amie et jugea bon de se justifier.

— C'est hyper important pour moi. Mais je te promets que si j'arrive à retrouver cette personne, j'aurai énormément de choses à te raconter, tu n'en reviendras pas. Tu es en vacances ces jours-ci ?

Sa camarade confirma.

— Super. Tu es disponible à n'importe quel moment ? insista Coralie.

Intriguée par tous ces mystères, Géraldine trépignait d'impatience.

— Oui. Mais tu ne peux pas m'en dire un peu plus ? Tu m'as mis l'eau à la bouche maintenant.

La jeune femme ne voulut rien savoir et continua.

—Non. Il faut d'abord que je le retrouve afin

d'avoir les idées plus claires.

— LE ? s'étonna Géraldine. Il est beau gosse ?

Coralie ne souhaitant pas en dévoiler davantage esquiva sa réponse.

— Hum, il faut que je te laisse, je dois aider ma grand-mère, marmonna-t-elle.

— Tu m'appelleras ? insista son amie dont les idées commençaient à germer à toute allure.

— Oui, dès que j'aurai du nouveau, tu seras la première à l'apprendre, promis. Bise, à plus.

— À plus.

Dans l'après-midi, Coralie sortit avec une idée bien précise, se rendre aux galeries Lafayette. Quand elle arriva sur place, elle ne vit pas celui qu'elle recherchait. Bien que déçue, elle regarda l'heure et se dit qu'il était peut-être trop tôt. Elle se dirigea alors vers un bar situé juste devant le magasin de façon à avoir une vue directe sur l'entrée. Au bout d'un moment, son cœur battit plus fort, un SDF venait de prendre place. Avec sa capuche rabattue sur la tête, elle ne voyait pas son visage mais, confiante, elle se dit que cela ne pouvait être que lui. Trop heureuse, elle paya sa boisson puis se dirigea vers le sans-abri. Elle allait enfin avoir une explication.

— Bonjour, commença-t-elle, émue.

Néanmoins, quand ce dernier leva son regard

vers elle, ce fut la déception, ce n'était pas celui qu'elle croyait.

— Bonjour, répondit poliment Éric, assis sur un carton.

Déstabilisée, Coralie hésita sur la marche à suivre avant de se décider.

— Je suis désolée, il y avait quelqu'un d'autre ici l'autre jour, je pensais que c'était lui. Un certain Quentin, vous connaissez ?

Celui-ci réfléchit un instant avant de répondre. Il ne la connaissait pas et ne savait pas s'il devait lui fournir des informations.

— Ça dépend. Que lui voulez-vous ?

Devant son indécision, Coralie essaya de le rassurer au mieux.

— Je suis une de ses anciennes amies, nous avons fréquenté le même lycée. J'ai été étonnée de le voir là. Je lui ai promis de repasser lui apporter un livre qui lui appartient, que j'ai chez moi depuis des années, mentit-elle.

Éric sembla évaluer le pour et le contre, puis se décida.

— Si vous voulez, je peux le lui remettre ! tenta ce dernier.

— Merci, c'est gentil, mais je souhaiterais le lui donner moi-même, comme ça nous pourrons boire un café ensemble.

Éric détailla attentivement son interlocutrice en se disant que c'était une très belle femme. Finalement, que risquait-il ?

— Je ne sais pas où il traîne aujourd'hui, mais vous pourrez le trouver demain matin vers huit heures trente à la sortie du centre d'accueil « *Le refuge* », rue Charles Fourrier. C'est là qu'il dort pour deux trois jours avec son camarade Joseph, je crois.

Satisfaite, Coralie ouvrit son porte-monnaie et en sortit un billet de cinq euros qu'elle tendit au jeune homme.

— Merci, bonne journée, le salua-t-elle.

Trop heureux de l'aubaine, Éric la remercia également.

Chapitre 21

Quentin

Quentin se leva aussi morose qu'il s'était couché la veille. Cette rencontre lui faisait perdre encore plus son estime de lui. À ses yeux, Coralie était devenue encore plus belle qu'avant. Ses cheveux roux et courts autrefois étaient maintenant bruns et mi-longs. Elle n'était plus rondelette, mais élancée, élégante. Et lui ! Qui l'aurait reconnu ? Ses longs cheveux corbeau ondulés avaient laissé place à des cheveux courts en brosse tandis qu'une barbe épaisse trônait sur son beau visage afin de cacher une balafre due aux affres de la vie de SDF. Son corps jadis athlétique se courbait à présent sous le poids de la honte.

Comprenant le désarroi de son jeune protégé, Joseph préféra ne pas aborder le sujet en faisant comme si de rien n'était.

— Bonjour, bien dormi ? lui demanda-t-il.

Quentin leva les yeux vers lui comme s'il le voyait pour la première fois, puis se ressaisit.

— Bonjour, difficilement, et toi ?

— Comme une masse, confirma Joseph en regardant l'heure. Mince, on n'est pas très en avance ce matin. On y va ?

Après avoir jeté leur drap dans le panier réservé à cet effet, ils prirent une douche avant de se rendre au réfectoire pour le petit-déjeuner.

— Tu fais quoi ce matin ? questionna Quentin, en trempant sa tartine dans son café. Comme d'habitude ?

— Oui, et toi ?

— Pareil. De toute façon, notre vie est ainsi, déclara le jeune homme, fataliste. Traînant de droite à gauche toute la journée en espérant qu'un miracle vienne changer notre quotidien. Malheureusement, les miracles n'existent que dans les films, soupira ce dernier, fatigué.

***

Arrivée vers huit heures trente comme le lui avait conseillé Éric, Coralie s'était postée légèrement en retrait de la porte d'entrée du centre d'accueil et regardait, au fur et à mesure, les personnes qui en sortaient. Quand enfin elle vit Quentin, elle fut soulagée, Éric ne lui avait pas menti. Elle s'approcha lentement vers lui. Mais lorsqu'il l'aperçut, il n'eut qu'une idée en tête, déguerpir au plus vite. Il ne souhaitait pas la revoir, cela lui faisait trop mal. Il lança une brève excuse à Joseph et se précipita vers le hall d'entrée afin de ressortir par la porte de service donnant sur une autre rue.

— Quentin, l'appela Coralie, attends !

Mais celui-ci ne voulut rien entendre. Joseph qui assistait à toute la scène comprit tout de suite qui était la jeune femme. Alors que celle-ci repartait, déçue, il l'apostropha.

—Mademoiselle, attendez ! Vous êtes Coralie ?

Stupéfaite, cette dernière s'arrêta net.

— Oui, c'est moi, répondit-elle.

Le septuagénaire s'approcha afin de se présenter.

— Je m'appelle Joseph, continua-t-il. Je suis un camarade de fortune de Quentin. Ne lui en voulez pas, vous savez, il a été très perturbé par votre rencontre.

Coralie regarda le vieil homme avec intérêt. Que savait-il exactement ?

— Je suppose donc qu'il m'a reconnue, que vous a-t-il dit ? s'enquit-elle, touchée.

Joseph n'avait pas trop envie de s'attarder

dehors, le ciel était couvert, il faisait froid. De plus, il ne souhaitait pas non plus que les autres entendent leur conversation.

— Il vaudrait mieux en parler ailleurs, commença-t-il, malheureusement je n'ai pas les moyens de vous offrir plus qu'un café. Si cela vous va, nous pouvons en discuter dans le bar d'en face.

Voulant en apprendre davantage, la jeune femme n'hésita pas un instant et le suivit. Ce fut donc autour d'une boisson fumante que Joseph raconta la version de Quentin.

Coralie l'écouta sans l'interrompre.

— C'est très difficile pour un SDF de se remémorer les bons souvenirs, termina-t-il.

Cette dernière respira profondément. Comment faire comprendre à cette tête de mule qu'elle ne l'avait jamais oublié, jamais ! De plus, elle se fichait comme de sa première culotte qu'il soit pauvre ou riche, elle l'aimait toujours !

— Vous savez, poursuivit à son tour la jeune femme, Quentin a été le grand amour de ma vie. Ce n'est pas moi qui n'ai plus donné signe de vie, mais lui qui a arrêté de répondre à mes appels. J'ai cru qu'il s'était lassé de m'attendre et était passé à autre chose. J'ai une information capitale à lui donner. Accepteriez-vous de le convaincre de me rencontrer ? Je vous en prie, insista-t-elle, c'est très important. Je reviendrai ici demain à la même heure.

— OK, confirma le septuagénaire. Je ne vous promets rien, mais je ferai mon possible. Il faut que j'y aille maintenant.

Son interlocutrice le gratifia d'un sourire.

— Merci !

Joseph sortit son vieux porte-monnaie, mais Coralie l'interrompit.

— Non, laissez, c'est pour moi. Bonne journée, n'oubliez pas.

— Non, promis. Bonne journée également.

***

Bien qu'elle n'ait pas réussi à parler à Quentin, Coralie rentra confiante chez ses grands-parents. L'après-midi, après la sieste d'Ambre, elle appela Géraldine.

— Coucou, ma belle, tu es disponible ?

Pressée de savoir ce que son amie avait à lui raconter, celle-ci n'hésita pas une seconde.

— Salut ! Dans une demi-heure, ça te va ?

— Super ! Ça te dérange de venir me rejoindre chez mes grands-parents ? J'aimerais te présenter ma fille.

Géraldine bouillait à présent d'impatience.

— Oh, là, là, avec plaisir ! J'arriiiiiiive !

En attendant son amie, Coralie s'amusa avec Ambre. Elles avaient décidé de fabriquer une belle carte postale pour mamou et papou des États-Unis. Plus tard, lorsque la sonnette tinta, la fillette se précipita à la fenêtre. Elle était contente qu'il y ait de la visite à la maison. Coralie alla ouvrir.

— Entre vite, il fait froid.

La visiteuse ne se fit pas prier. De fortes rafales s'étaient levées en cours de la journée, faisant voltiger feuilles et branchages.

Géraldine salua Jeanne et Louis qu'elle n'avait pas vus depuis des années, avant de faire la connaissance d'Ambre, cachée derrière les jambes de sa mère.

— Je te présente ma fille, déclara Coralie à l'attention de sa camarade, avant de se tourner vers la fillette. Ambre, tu fais un bisou ?

Celle-ci s'exécuta avant de repartir en courant jouer à la balle avec le chiot.

— Elle est magnifique ! s'exclama Géraldine.

Coralie regarda sa fille avec amour, elle l'aimait tellement !

— Oui, je trouve aussi ! répondit-elle fièrement, avant d'endosser son rôle de maîtresse de maison. Tu veux un café ? Un thé ? proposa-t-elle.

— Je prendrai bien un thé. Tiens, j'ai apporté un gâteau.

— Merci, il ne fallait pas.

Quelques minutes plus tard, elles étaient installées toutes les deux dans le salon. Jeanne et Louis avaient préféré les laisser seules pendant qu'Ambre allait et venait, suivie de Tchaé. Comme cela faisait un moment qu'elles n'étaient plus en contact, Coralie lui raconta son quotidien aux États-Unis, ainsi que la rencontre inattendue avec Quentin.

Fascinée par tous ces détails, son amie écoutait, admirative.

— C'est pas possible ! s'exclama Géraldine. Tu as réussi à lui parler ?

Le regard dans le vide, Coralie se remémora sa tentative qui avait échoué.

— Non, il a fui.

Son interlocutrice haussa les sourcils, intriguée.

— Mais pourquoi ? insista-t-elle, ne comprenant pas la réaction du jeune homme.

Coralie souffla, dépitée.

— Je ne sais pas, j'ai cru comprendre qu'il avait honte.

— C'est ridicule ! s'emporta sa camarade. Si je m'en souviens bien, sa situation n'était déjà pas très brillante avant votre séparation.

— Je sais, termina cette dernière dépitée. Je vais retenter ma chance demain, je ne lâcherai pas.

— Tu me diras ? s'empressa de demander son amie, fascinée par l'histoire.

— Oui, t'inquiète.

Après un court instant de silence, elles changèrent de conversation pour parler de tout et de rien, avant que Géraldine ne se lance à son tour en racontant son actualité. En fin d'après-midi, avant de se séparer, cette dernière lui rappela de ne pas oublier de lui téléphoner le lendemain.

Après le dîner, mère, fille et grands-parents se réunirent tous les quatre autour d'un jeu de société pour le plus grand plaisir d'Ambre qui, pour l'occasion, eut l'autorisation de se coucher un brin plus tard.

Chapitre 22

Coralie

Le lendemain matin, Coralie se leva de bonne heure. Elle se prépara puis prévint ses grands-parents qu'elle devait s'absenter. Trouvant cela étrange, sa grand-mère essaya de lui tirer les vers du nez, sans succès. La jeune femme ne souhaitait pas en parler pour le moment.

— Ne t'inquiète pas, vous connaîtrez les raisons très bientôt.

Dehors, le froid la frappa de plein fouet. Elle releva le col de son manteau en accélérant le pas jusqu'à la bouche de métro. Malgré l'heure de pointe, il y avait peu de monde dans les transports. Noël approchait à grands pas, beaucoup de salariés en avaient sûrement profité pour prendre quelques jours de congé. Quand elle arriva enfin devant le « *Refuge* », certains pensionnaires quittaient déjà les lieux, elle espéra que Joseph avait réussi à convaincre Quentin. Elle tremblait plus d'angoisse que de froid lorsqu'elle le vit enfin sortir. Avant qu'il ne puisse s'échapper derechef, elle se jeta littéralement sur lui.

— Bonjour, Quentin, lança-t-elle, inquiète de sa réaction.

Interloqué, en proie au doute sur la conduite à suivre, le jeune homme hésita entre lui tourner le dos et s'enfuir à nouveau ou affronter une bonne fois pour toutes la personne qui l'avait trahi.

Voyant son trouble, Joseph l'encouragea.

— Vas-y, accepte. C'est mieux pour toi, pour tous les deux. Salut, à tout à l'heure.

Resté seul face à son ancienne petite amie, il la salua tout en demeurant sur ses gardes.

— Bonjour, Coralie, que cherches-tu exactement ? Me faire souffrir davantage six ans après ?

La jeune femme le regarda, attristée. C'était lui qui avait coupé les ponts, pas elle. Elle prit une grande respiration pour se donner du courage et se lança.

— Avant de m'accuser, écoute d'abord ce que j'ai à te dire. Si nous allions en parler calmement dans ce café en face ? proposa-t-elle. Il fait un froid de canard.

Malgré ses doutes et sa colère, son amour pour elle était toujours là, intact comme au premier jour. Il se dit que la vie était injuste ! Elle lui avait tout pris : sa dignité, la femme qu'il aimait ! Et là, elle le poignardait à nouveau pour l'emmener un peu plus vers le fond ? Non, la vie était plus qu'injuste ! Elle était cruelle !!!

Après avoir commandé un café, ils hésitèrent un instant avant de savoir lequel des deux se lancerait en premier dans les explications.

Quentin se décida.

— Tu pars à l'autre bout du monde presque du jour au lendemain avant de revenir six ans après, comme si de rien n'était, en plus avec une enfant. Sans nouvelles de ta part durant tout ce temps, comment veux-tu que je me sente ?

Quentin savait qu'il était injuste. S'il n'avait pas de téléphone, elle ne pouvait pas le joindre. Mais comme tous les amoureux, il rejetait la culpabilité sur l'être aimé.

En entendant ça, Coralie fulmina. Mais malgré les accusations, elle le laissa parler sans l'interrompre. Quand enfin il termina, exaspérée, elle lança sa version des faits.

— Comment oses-tu dire que je ne t'ai pas donné de nouvelles ? Je t'appelais presque tous les jours, jusqu'au jour où tu as arrêté de répondre à mes appels. À mon tour, je te le demande : comment veux-tu que je le prenne ? J'ai essayé maintes fois, d'abord ça ne répondait pas et ensuite le numéro n'était plus attribué. J'en ai conclu que tu avais terminé notre relation. Tu as trouvé quelqu'un, c'est ça ?

Quentin accusa le coup et assuma sa part de responsabilité. Il lui devait la vérité.

— C'est vrai, au début, je recevais tes appels sur mon portable. Puis tu as commencé à m'appeler avec un numéro américain.

Pressée de rétablir la vérité, celle-ci lui coupa la parole.

— Je n'avais plus de forfait sur ma puce française et pas les moyens non plus de continuer à payer mon abonnement vu que je ne travaillais pas encore à l'époque. Je devais t'appeler de chez mes parents en cachette, se défendit-elle, la voix montant dans les aigus.

Sans se laisser intimider par la tirade de son interlocutrice, Quentin continua son histoire, il fallait crever l'abcès définitivement.

— Quand tu es partie, fou de chagrin, j'ai perdu mon emploi et j'ai quitté le domicile de mes parents adoptifs. Je me suis alors retrouvé SDF, comme tu peux le constater, lâcha-t-il, amer. La vie dans la rue est dangereuse. Je me suis fait agresser et voler mon portable. Ton numéro français, je le connaissais par cœur, mais pas l'américain. Je n'ai pas eu le réflexe de le noter quelque part, malheureusement. Je ne pouvais donc pas te contacter ni recevoir tes appels.

Agacée, Coralie ne put se retenir davantage.

— Alors pourquoi tu m'accuses de t'avoir abandonné si je n'avais pas les moyens de te joindre !

Son ami se sentait à présent minable. Néanmoins, six ans d'absence et de souffrances, c'était long, très long !

— Tu as raison, je suis désolé que les choses se soient passées ainsi, s'excusa-t-il tandis qu'irrésistiblement, le désir de la toucher montait en lui. Il se retint et continua. De toute façon, cela n'a plus d'importance maintenant, termina-t-il, attristé. Tu es mariée, tu as une fille. Ta vie est ailleurs.

Contre toute attente, Coralie posa doucement sa main sur la sienne et la caressa. Quentin tressaillit, mais se laissa faire.

— Je sais que six ans, ça ne s'efface pas comme ça. J'ai juste une chose à te demander.

Le jeune homme la regarda, tandis qu'un voile de tristesse recouvrait ses magnifiques yeux verts.

— J'aimerais t'inviter à passer Noël avec nous, continua-t-elle.

Quentin sursauta en retirant sa main. Il n'en était pas question !

— Je ne peux pas, balbutia-t-il. Nous ne

vivons pas dans le même monde, toi et moi, et tes grands-parents n'apprécieraient pas. Je ne peux pas tirer un trait du jour au lendemain sur ma vie de ces dernières années. En plus, ton mari sera sûrement là, je ne supporterai pas de vous voir ensemble, avoua-t-il, penaud.

Coralie s'attendait à cette réaction, mais ne lâcha pas, la seule solution était de lui dire la vérité.

— Très bien, dans ce cas, je vais te faire une révélation. Ta fille aimerait connaître son père qu'elle n'a jamais vu. Tu ne souhaites pas faire sa connaissance ?

Abasourdi, Quentin en resta sans voix. Pendant un instant, il lutta pour assimiler ce qu'elle venait de lui dire, son cœur battant la chamade. Il finit néanmoins par articuler.

— Tu veux dire que la fillette que j'ai vue chez tes grands-parents est ma fille ? questionna-t-il plein de doutes.

— En effet ! Ambre a un peu plus de cinq ans. Quand j'ai su que j'étais enceinte, j'ai essayé de te contacter en vain. Évidemment, si tu n'avais plus de téléphone !

Le jeune homme ne voulait pas y croire, cela ne pouvait être lui !

— Qu'est-ce qui me prouve que ce soit vrai ? insista-t-il.

Vexée, Coralie lui répondit sèchement.

— Pourquoi te mentirais-je ? Qu'est-ce que j'aurais à y gagner ? Si tu ne me crois pas, tu peux toujours faire un test de paternité.

Quentin se mura un instant dans le silence, le temps de faire le tri avant de poser la question qui le minait.

— Tu n'es pas mariée ?

La jeune femme passa nerveusement la main sur ses cheveux, elle devait aller au bout des révélations.

— Non, je ne suis pas mariée, je n'ai aucun homme dans ma vie si cela peut te rassurer. Toutes ces années, je me suis consacrée à ma carrière et à l'éducation de notre fille. J'aimerais qu'elle sache qui est son père. Alors, je peux compter sur toi pour le réveillon ? demanda-t-elle à nouveau.

Quentin hésita. Bien sûr qu'il adorerait passer du temps avec elles, néanmoins montrer la détresse dans laquelle il vivait, lui était insoutenable. Il avait trop honte. Alors, bien que cela lui en coûte, il avança encore une fois des excuses bidon.

— Je n'ai pas de vêtements acceptables ni de quoi acheter des cadeaux et je ne peux pas venir les mains vides. Je serai encore le malheureux de service, et ça, je ne le supporterai pas, argumenta-t-il.

Coralie s'impatienta.

— Je me fiche de tes habits et mes grands-parents aussi. Pour les cadeaux, il y a déjà ce qu'il faut. Le tout est de savoir si oui ou non tu souhaites qu'Ambre fasse ta connaissance. Nous partons après les fêtes. Si tu ne la vois pas maintenant, tu ne la reverras plus jamais !

Un énorme poids s'abattit sur les épaules de Quentin. Tiraillé entre son amour-propre et sa nouvelle paternité, le duel était acharné. Finalement, malgré tous ses a priori, il se décida.

— Je viendrai ! murmura-t-il sans grande conviction.

Le cœur de Coralie se gonfla de joie. Alors sans pouvoir se retenir davantage, d'un geste chargé d'amour, elle lui caressa le visage. Quentin frémit de plaisir. Il ferma les yeux, savourant cette nouvelle sensation qui électrisait tout son corps comme autrefois. Il ne voulait plus souffrir, mais cette main si délicate lui retirait tous ses moyens. Soudain, tous ses préjugés volèrent en éclats. Il ouvrit les yeux, captura ses doigts fins et élégants, les porta à ses lèvres en y déposant un tendre baiser passionné. L'esprit de Noël venait de frapper. Malheureusement, cet instant magique fut brisé par la sonnerie d'un SMS. Coralie le lut et y répondit.

— Désolée, il faut que j'y aille, j'ai des courses à faire, s'excusa-t-elle. Peux-tu me donner ton numéro de téléphone ? Je t'appellerai cet après-midi.

Sur le chemin du retour, tandis que Coralie, assise dans le métro, réfléchissait à la façon d'aider Quentin à s'en sortir financièrement, un étrange passager vint s'installer à côté d'elle en lui souriant. Il était vêtu d'un costume de père Noël complété par une longue barbe blanche comme neige. Coralie lui sourit à son tour poliment. Encore un illuminé, pensa-t-elle intérieurement. En tout cas, le déguisement était réussi ! Il ressemblait trait pour trait à l'idée qu'elle se faisait du père Noël. Celui-ci sortit son journal avant de l'ouvrir à la page des petites annonces. Quand le métro s'arrêta à la station suivante, il se leva puis attendit derrière les autres l'ouverture des portes.

— Monsieur, vous avez oublié votre journal, lui lança Coralie avant qu'il ne quitte la rame.

Ce dernier se retourna, lui fit un clin d'œil puis disparut noyé dans la masse. Surprise, la jeune femme le trouva irrespectueux. Le quotidien était resté posé là, sur le siège, ouvert à la page des petites annonces. Curieuse, Coralie tourna discrètement le regard. Soudain, un titre en gras attira son attention. Sans hésiter, cette fois, elle prit la feuille et la lut.

— Non ! lâcha-t-elle, déroutée. C'est impossible ! Elle relut une deuxième fois. Elle repensa à l'étrange individu qui avait pris place à ses côtés le temps d'une station. Un instant, elle crut à l'existence de Santa Claus. Toute cette magie qui enveloppait cette période de l'année y était propice. Serait-ce un signe ? se demanda-t-elle. Elle rangea le journal dans son sac, tandis que déjà son cerveau travaillait à toute allure. Elle devait trouver une idée rapidement. La première qui lui vint fut de passer dans un laboratoire d'analyses médicales.

Chapitre 23

Quentin

Après le départ de Coralie, chamboulé par cette nouvelle révélation, Quentin n'eut pas le courage d'aller faire la manche. Il avait besoin de se confier à quelqu'un et cette personne ne pouvait être que Joseph, son ami, son confident. Il lui téléphona, car avec ce mauvais temps, il ne serait peut-être pas au square de la Montgolfière.

— Allô, Joseph !

En voyant le numéro, le vieil homme s'inquiéta.

— Oui, qu'est-ce qui se passe ? Tout va bien ?

— Oui. J'ai besoin de te parler. Tu es où ?

— Au centre commercial Italie 2, c'est l'heure du ravitaillement de bière comme d'habitude. Ça s'est mal passé avec ton ex ? voulut savoir le vieil homme.

Sans répondre à sa question, le jeune homme enchaîna.

— Tu peux m'y attendre ? Je te rejoins tout de suite.

— OK, je t'attends à l'entrée.

Quentin ne fut pas long à arriver. Son ami patientait à l'endroit indiqué. Nerveux, ce dernier lança, malgré lui, une remarque désobligeante.

— Tu peux te retenir encore un moment sans boire ?

Vexé par cette question, le septuagénaire fronça les sourcils, mécontent.

— Bien sûr ! Tu me prends pour qui ?

Avec leur sac qui contenait toutes leurs affaires et qu'ils devaient trimbaler à longueur de journée, ils ne pouvaient pas rester trop longtemps sur place, le vigile ne le leur aurait pas permis. Néanmoins, durant une petite demi-heure, ils s'installèrent dans la galerie marchande afin de demeurer un moment au chaud.

— Alors ? Qu'est-ce qui te rend de si mauvaise humeur ?

Quentin prit une profonde inspiration avant de tout raconter.

— Tu te rends compte ? J'ai une enfant de cinq ans, je ne la connais même pas ! Je l'ai à peine vue l'autre jour. Comment pourrais-je pourvoir à son alimentation, à son éducation, si je n'ai aucun niveau de vie, aucun centime en poche ?

Machinalement, il se passa la main sur les cheveux, signe de contrariété, avant de lâcher.

— Je ne suis qu'un pauvre type !

Comprenant son désarroi, Joseph essaya de le réconforter de son mieux.

— Allons, mon gars, reprends-toi. Ce n'est pas la fin du monde. Tu as la santé, le reste viendra tôt ou tard. D'après ce que j'ai vu, cette jeune femme n'a pas l'air d'être dans le besoin, financièrement parlant. Cette enfant n'a sûrement besoin de rien d'autre que de l'amour d'un père.

Quentin marmonna quelques mots inintelligibles pendant que Joseph continuait toujours son discours.

— Je pense que tu devrais accepter cette invitation. Tu feras la connaissance de la fillette, cela te permettra également de te faire une idée sur son mode de vie.

— Tu crois ? hésita ce dernier.

Confiant, le vieil homme confirma son point de vue.

— Oui, je te le conseille vraiment !

Malgré certains doutes, mais plus rassuré, Quentin prit enfin la ferme décision d'accepter. Après cette conversation qui lui remonta le moral, il invita son grand-père adoptif à déjeuner.

Chapitre 24
Coralie

Quand Coralie rentra à la maison, sa grand-mère la trouva très excitée.

— Ça va ? Depuis quelques jours, je te trouve bizarre. Tu as des problèmes ?

La jeune femme sourit, rassurant son aînée.

— Non, tout va bien, mamie. C'est juste que depuis deux jours, il se passe des choses extraordinaires auxquelles je ne m'attendais pas. Rien de grave, au contraire. D'ailleurs, je vous prépare une énorme surprise pour Noël. Enfin, j'espère qu'elle arrivera à temps !

— Ah ?!

Sa grand-mère voulut en savoir plus, sans succès. Coralie ne lâchait rien, au contraire, elle continuait avec ses mystères.

— Au fait, mamie, je voulais te demander si

cela ne te dérangeait pas que j'invite un ami pour le réveillon. Il est seul, sans famille.

Bien qu'étonnée, Jeanne accepta. Une personne de plus, cela ne changerait pas grand-chose.

— Si cela te fait plaisir, oui, bien sûr, pas de souci.

Satisfaite, Coralie embrassa son aînée.

— Juste une dernière chose, poursuivit celle-ci. Je dois faire une course cet après-midi, mais promis, ensuite je t'aiderai pour tout ce dont tu auras besoin.

— D'accord ! la rassura Jeanne.

Après cette mise au point, la jeune femme s'enferma un instant dans sa chambre le temps de faire des recherches sur Internet et de ranger les petits bocaux qu'elle avait récupérés au laboratoire. Il ne restait plus que quatre jours pour Noël et donc pour sa surprise. Elle espérait que le temps jouerait en sa faveur. Elle téléphona ensuite à Quentin.

— Salut, c'est encore moi. J'aurais absolument besoin de te voir, accepterais-tu de me rejoindre au domicile de mes parents vers quatorze heures ?

Celui-ci hésita.

— C'est important ? se renseigna-t-il, moyennement intéressé.

— Oui, très ! insista-t-elle.

Le jeune homme trouva cela étrange, mais accepta. Il ferait la manche après. Sa vie de SDF continuait malgré ce chamboulement.

— OK, je serai là !

— Merci ! Tu te souviens encore de l'adresse ?

— Oui, lâcha-t-il d'un ton las.

Après le déjeuner qui se termina par un café et des biscuits à la cannelle, Coralie aida à ranger la cuisine, puis coucha sa fille avant de sortir.

— Je ne rentrerai pas trop tard, promis, lança-t-elle à sa grand-mère en sortant.

À l'heure indiquée, elle arriva sur place, Quentin l'y attendait déjà.

— Merci d'être venu.

Il lui sourit timidement.

— De rien !

Elle ouvrit la porte, brancha le compteur électrique puis alluma les radiateurs à fond.

— Il ne fait pas très chaud, il vaut mieux garder les manteaux pour le moment. Assieds-toi sur le canapé si tu veux.

— Tu sais, le froid, je connais, indiqua ce dernier en s'installant. Qu'avais-tu de si important à me dire ? la questionna-t-il, méfiant.

Coralie le regarda tendrement. Malgré sa

balafre qu'il essayait de cacher sous sa barbe, elle le trouvait toujours aussi sexy ! Leurs regards se croisèrent un instant. Comme autrefois, ses immenses yeux verts la faisaient chavirer. Elle s'installa en face de lui, ne sachant trop par quoi commencer.

— Je... je voulais te poser une question délicate. Nous sommes mieux ici pour parler que dehors ou dans un café.

Quentin la regarda sans ciller.

— Vas-y, je t'écoute !

— Je voudrais savoir si tu souhaites faire le test de paternité.

Ne s'attendant pas à cette question, le jeune homme hésita. Oui, il désirait être sûr que l'enfant était bien de lui, mais valait-il la peine de faire un test pour la croire ? Il était pauvre, il ne possédait rien, elle n'avait aucun intérêt à lui mentir.

— Je... je ne sais pas, balbutia-t-il. Pourquoi ne te croirais-je pas ? De toute façon, je... je... commença-t-il sans arriver à terminer sa phrase. Avouer qu'il n'avait pas l'argent nécessaire lui était trop pénible.

Devant son embarras, elle ajouta.

— Si tu le souhaites, je m'occupe de tout, lui proposa-t-elle.

Durant un moment, il resta silencieux avant de

répondre laborieusement.

— Fais comme tu veux.

Coralie se leva, prit deux petits pots dans son sac, une paire de gants et un chewing-gum.

— Tiens, mâche ce chewing-gum. J'ai également besoin de quelques brins de cheveux, si cela ne te dérange pas.

Elle enfila les gants, lui coupa une mèche qu'elle plaça dans un pot avant de déposer le chewing-gum dans un autre.

— Voilà, je vais envoyer tout ça au laboratoire, conclut-elle. Je suis désolée, je n'ai rien à t'offrir à boire.

La température était à présent agréable, Coralie l'invita à la suivre.

— Viens, je vais te montrer une chose.

Elle se dirigea vers sa chambre, s'arrêta devant la commode, prit amoureusement le cadre qui s'y trouvait et le lui montra. Sur la photo, tous les deux se regardaient passionnément.

— Elle est belle, celle-là ! commenta-t-elle, troublée.

Elle ouvrit ensuite le tiroir, en sortit un album et plusieurs objets qu'il lui avait offerts autrefois. Ému, Quentin en eut les larmes aux yeux.

— Tu as gardé tout ça ! s'exclama-t-il, surpris.

Instinctivement, Coralie caressa son visage

comme jadis.

— Oui. Tu croyais quoi ? Comment pourrais-je effacer les plus beaux moments de ma vie ?

Timidement, Quentin l'attrapa par la taille puis l'attira délicatement vers lui. Alors, mue par une envie irrésistible, la jeune femme plaça les bras autour de son cou et se serra davantage contre lui. Chaudes et sensuelles, les lèvres de celui-ci se posèrent sur les siennes en un tendre baiser avant de devenir ardent, foudroyant. La barrière qui les retenait vola en éclats tandis qu'un désir intense venait de s'emparer de leurs corps en feu. Brusquement, le téléphone de Coralie vibra et l'enchantement se brisa, les laissant mal à l'aise.

— Je suis désolé, murmura-t-il, gêné. Je n'aurais pas dû, je…

— Ce n'est rien ! répliqua-t-elle en se remettant de ses émotions.

Elle lut le message de rappel qu'elle avait programmé. Elle devait absolument soutirer à son compagnon un renseignement primordial, qui modifierait le cours de leur vie. Mais comment allait-elle s'y prendre sans éveiller ses soupçons ? Elle allait néanmoins lui poser la question quand elle remarqua sur le tas de photos qu'elle avait sorties la réponse à son problème.

— J'adore ce cliché ! affirma-t-elle en saisissant son téléphone afin de le prendre en photo.

Trouvant cela bizarre, Quentin l'interrogea du regard.

— C'est pour l'avoir toujours avec moi, se justifia-t-elle avant de changer rapidement de conversation. Bon, il faut que j'aille porter les prélèvements immédiatement. Avec Chronopost Express, il faut compter deux jours pour les envois aux États-Unis, puis encore au moins trois pour les résultats.

— Mais pourquoi envoies-tu ça aux USA ? s'étonna-t-il.

Coralie lui expliqua les informations qu'elle avait récoltées.

— En France, les tests de paternité sont interdits dans le cadre privé, ils sont uniquement autorisés dans le cadre d'une procédure judiciaire. Étant donné que nous sommes d'accord tous les deux, il n'y a pas lieu de passer par la justice. Alors, pour ne pas avoir d'ennuis avec le laboratoire, il vaut mieux envoyer les prélèvements aux USA, là-bas les tests privés, juste pour information, sont permis.

N'y connaissant rien, Quentin haussa les épaules en la laissant gérer la situation.

— OK, c'est toi qui vois. Mais si tu es sûre de toi, pourquoi tout ce travail ? insista-t-il néanmoins.

Coralie avait d'autres raisons qu'elle ne

souhaitait pas divulguer pour le moment.

— Je sais que tu es le père. Mais pour qu'aucun doute ne persiste de ton côté, rien de mieux qu'un document. Il faut vraiment que j'y aille maintenant !

Elle vérifia que tout était en ordre, éteignit les radiateurs, le compteur puis ferma bien la porte. En partant, elle lui redemanda confirmation sur son invitation.

— Noël n'est plus qu'à quelques jours. Nous ne nous reverrons sans doute pas d'ici là, je dois aider ma grand-mère à tout préparer. Je peux toujours compter sur toi ?

Celui-ci répondit sans incertitude.

— Je serai là. Je souhaite passer un moment avec Ambre avant que vous repartiez.

— Très bien, dans ce cas au vingt-quatre vers dix-neuf heures !

Tous deux gênés sans savoir comment se quitter, ils hésitèrent un instant puis se firent la bise comme de simples amis. Coralie rentra rapidement, elle voulait absolument avoir les résultats des prélèvements au plus tard la nuit du réveillon, cela allait être juste. Une fois à la maison, elle prépara deux colis ; un avec une partie des cheveux qu'elle avait prélevés à Quentin, ainsi que le chewing-gum qu'elle avait fait mâcher à sa fille et un deuxième avec le reste de la mèche et du chewing-gum de son ex-petit ami qu'elle porta précipitamment à La Poste. Une fois ceci fait, elle envoya un mail accompagné d'une pièce jointe. Maintenant, il n'y avait plus qu'à croiser les doigts et attendre. Néanmoins, elle trouvait que toute cette histoire était une bien étrange coïncidence. Mais à Noël, les miracles pouvaient se concrétiser, non ?

Elle repensa à Quentin. Son test de paternité n'avait été qu'une excuse. Elle était sûre qu'il la croyait, celui-ci était donc inutile, mais elle avait besoin de ce prélèvement pour une autre raison qu'elle ne pouvait divulguer pour le moment.

Chapitre 25
Quentin

Une fois seul, Quentin se dirigea vers le boulevard Hausmann avant de s'installer non loin des galeries Lafayette. Avec un peu de chance et la générosité des passants, il aurait un peu d'argent pour offrir un cadeau à sa fille. Sa fille ! Il n'en revenait toujours pas !

Le soir, lorsqu'il retrouva Joseph devant le « *Refuge* », il avait récupéré une vingtaine d'euros et s'estimait heureux. Même si ce n'était pas grand-chose, il regarderait les jouets à l'hypermarché du coin, ce serait moins cher.

— Alors, ton après-midi s'est bien passé ? Remis de tes émotions ? lui lança son camarade en souriant tandis qu'ils faisaient la queue pour rentrer.

Quentin repensa à tout ce qui venait de lui

arriver avant de répondre.

— Oui, reconnut-il, secoué par un tic nerveux sur la joue. Nous nous sommes revus cet après-midi. Je vais faire un test de paternité.

Surpris, le septuagénaire l'interrogea du regard.

— Je lui ai dit que ce n'était pas la peine, mais elle a insisté en déclarant qu'il ne devait subsister aucun doute entre nous.

— Elle a raison, enchaîna Joseph en se grattant la tête, tel que je te connais, il faut bien ça pour te rassurer. Quand aurez-vous les résultats ?

— Je ne sais pas. Coralie m'a simplement dit qu'avec un peu de chance ils arriveraient pour Noël.

Le vieil homme sourit, mettant à découvert ses dents mal soignées.

— Ce sera la surprise de Santa Claus, même s'il ne fait aucun doute que tu es bien le père, sinon elle ne serait pas venue te trouver !

Cette affirmation vint s'ajouter au malaise du jeune homme. Sa situation précaire lui interdisait tout bonheur. Qu'aurait-il à offrir à cet enfant, se répétait-il inlassablement.

— Allez, ne fais pas cette tête. Tout ira bien, tu verras ! De plus, tu vas passer le réveillon avec eux.

Un mélange de joie et de tristesse se bousculait

dans la tête de ce dernier, néanmoins il était décidé.

— Oui. D'ailleurs, j'ai récolté vingt euros aujourd'hui, demain j'irai acheter un jouet pour Ambre.

— C'est une bonne résolution, renchérit son aîné.

La conversation s'arrêta là, les portes du centre venaient d'ouvrir, il fallait avancer lentement les uns derrière les autres.

Chapitre 26
Préparation de Noël

Durant ces derniers jours qui passèrent à une vitesse fulgurante, Quentin et Coralie ne se contactèrent pas. Cette dernière se consacra exclusivement à sa famille. Jeux et promenades avec sa fille, ses grands-parents et Tchaé, ainsi que la préparation de bons petits plats et gâteaux avec son aînée.

Le matin du réveillon, n'y tenant plus, papi Louis lui posa la question qui lui brûlait les lèvres.

— Alors, j'ai appris que tu avais invité un ami pour le dîner, qui est-ce ?

Coralie sourit, mutine. Elle savait que ses grands-parents brûlaient de connaître la réponse, mais elle ne lâcherait rien.

— Vous le saurez ce soir !

Papi Louis souffla, résigné.

La matinée fut consacrée aux derniers préparatifs. Après le déjeuner, Coralie coucha Ambre.

— Tu vas faire une bonne sieste, ma puce. Ce soir, tu auras la permission d'aller au lit un peu plus tard que d'habitude. Pas trop non plus, sinon le père Noël ne passera pas.

La fillette accepta sans rechigner.

Sa mère lui fit un bisou puis sortit en fermant la porte avant de rejoindre sa grand-mère dans la cuisine. Pendant que la dinde marinait et que son aînée préparait la pâte à pain, Coralie se chargea de la friture des beignets au potiron qu'elle recouvrait d'un peu de miel au fur et à mesure qu'elle les sortait du feu. Quand ce fut fait, elles s'attaquèrent toutes les deux à la confection des entrées. La jeune femme tenait à ce que tout soit parfait.

En milieu d'après-midi, tandis que papi Louis allait allumer le four à bois qu'ils avaient au fond du jardin, Coralie consulta ses mails. C'était au moins la dixième fois aujourd'hui, elle désespérait de recevoir une réponse gâchant de la sorte une partie des surprises qu'elle avait prévues.

— Zut, toujours rien ! s'exclama-t-elle, contrariée.

— Quelque chose ne va pas, ma chérie ? lui demanda sa grand-mère en l'entendant rouspéter.

— Ce n'est rien, mamie, la rassura sa petite-fille en posant son téléphone. On s'y met ?

— Oui, il est temps de faire cuire notre pain, le four doit être suffisamment chaud maintenant !

Avec la pâte qui avait bien gonflé, elles préparèrent plusieurs miches que papi Louis enfourna. Dès qu'elles furent cuites, il les sortit délicatement afin d'y mettre à la place le plat avec la dinde. Rôtie à l'ancienne dans un four à bois, elle aurait bien meilleur goût. Bien sûr, il était encore un peu tôt pour dîner, mais la neige venait de refaire son apparition. Il était hors de question que Louis se retrouve dehors, au froid, en pleine nuit. La dinde serait réchauffée au moment opportun.

Quand Ambre se réveilla de sa sieste, une bonne odeur de pain frais flottait dans toute la maison. Elle courut rejoindre sa mère qui avait décidé, pour s'occuper l'esprit, de préparer d'ores et déjà la décoration de la table.

— Maman ! cria la fillette en courant vers elle.

— Oh, là, là, quelle impatience ! Tu as bien dormi ?

— Oui !

— Tu as faim ?

— Ouiii ! répondit cette dernière en sautillant.

— Alors, allons goûter, proposa sa mère en lui

tendant la main.

Elles se rendirent toutes les deux dans la cuisine ; mamie Jeanne y était assise, feuilletant un magazine tout en surveillant la cuisson de son gâteau.

— Que vois-je ? Une jolie poupée ! Viens me faire un bisou.

Ambre ne se fit pas prier, puis s'installa auprès de son arrière-grand-mère.

— Ça sent trop bon, mamou !

Jeanne lui caressa les cheveux, elle adorait la fillette.

— Tu veux du pain ou des beignets ?

Ambre hésita, les deux lui faisaient envie.

— Les beignets, se décida-t-elle.

Pendant que sa fille goûtait, Coralie en profita pour aller ranger la chambre. Quand elle revint, elle la trouva la bouche et les mains barbouillées de miel. Elle sourit puis, tout en faisant de grands gestes, comme si elle avait des ailes, elle se jeta sur sa fille en la chatouillant.

— Je suis une abeille, j'adore le miel.

Celle-ci rit à gorge déployée jusqu'à ce que sa mère arrête.

— Aller viens, on va se laver, tu en as besoin. Tu veux m'aider ensuite à terminer la décoration de la table ?

— Ouiii ! cria la fillette tandis que Tchaé tournait autour d'elle en aboyant, sa petite truffe en l'air.

Chapitre 27
Reveillon de Noël

Le temps passait. Nerveuse, Coralie n'avait de cesse de consulter ses mails. Toujours rien ! Vers dix-sept heures, la sonnette d'entrée les fit sursauter.

— C'est ton invité ? la questionna son aînée.

— Non, je ne pense pas. Je lui ai donné rendez-vous à dix-neuf heures trente, déclara celle-ci, interloquée.

— Bizarre, qui ça peut bien être ? Louis, tu attends quelqu'un ? demanda cette dernière à son mari.

— Non, personne. Laissez, j'y vais.

Quel ne fut pas son étonnement lorsqu'il ouvrit la porte !

— Coucou, c'est nous ! le salua sa fille Ghislaine. Nous n'avions pas prévu de venir, mais finalement, au dernier moment, nous avons décidé de vous faire la surprise.

— Mamie ! appela Ambre en la rejoignant, Tchaé à ses trousses.

Bien que surpris, Jeanne et Louis furent très heureux de revoir leur fille et leur gendre. La famille était réunie, c'était un réel plaisir pour eux. Coralie, quant à elle, était moins joyeuse. Bien qu'elle aimât ses parents bien sûr, leur arrivée venait contrarier ses plans. Elle redouta la confrontation entre son père et Quentin. Si au moins elle recevait le mail qu'elle attendait avec impatience !

Après les embrassades, ils rangèrent leurs affaires dans la chambre d'Ambre qui irait dormir avec sa mère. Puis ils se regroupèrent tous dans le salon.

Distraite, Coralie consultait sans arrêt son portable.

— Tu ne peux pas lâcher un peu ton téléphone ? lui reprocha son père, déçu par le peu d'attention à leur égard.

Confuse, sa fille leva les yeux vers lui, comme si elle venait de s'apercevoir qu'ils étaient là, puis s'excusa.

— Oui, désolée. J'attends un message très important.

Malgré son anxiété, elle fit de son mieux

pour s'intéresser à la conversation. Quand enfin mamie Jeanne se leva pour se rendre au fourneau, suivie de Ghislaine, Coralie regarda l'heure. L'appréhension monta d'un cran. Sous peu, Quentin serait là, la fête serait-elle gâchée ? Tandis qu'Édouard, Louis et Ambre étaient installés sur le canapé, Coralie rejoignit ses aînées dans la cuisine. C'est à cet instant précis que le destin décida enfin de lui sourire. D'une main tremblante, elle ouvrit les deux mails qu'elle venait de recevoir presque simultanément. L'un venait du laboratoire, elle le consulta en premier. Les deux tests étaient positifs. Pour l'un d'eux, elle en connaissait déjà la réponse, pour le deuxième ce fut un soulagement. Puis elle ouvrit l'autre mail qu'elle n'attendait pas si rapidement. Celui-ci confirmait le résultat du test envoyé par le laboratoire, suivi d'un long message ainsi que d'un numéro de téléphone à rappeler d'urgence. Son cœur battait maintenant à tout rompre. Son plus beau cadeau était là. Perdue dans ses pensées, elle sursauta lorsque la sonnette tinta.

— J'y vais ! cria-t-elle en se précipitant vers l'entrée.

Quand elle ouvrit la porte, son pouls s'accéléra. Il était si beau ! Comme il lui avait manqué toutes ces années !

— Bonsoir, la salua-t-il, troublé.

— Bonsoir, entre, déclara Coralie. Donne-moi ton manteau.

Ce dernier le lui tendit avant de lui remettre également un sac qui contenait le cadeau pour leur fille.

— Viens, suis-moi, l'encouragea-t-elle en le conduisant dans le salon.

En voyant un autre homme dans la pièce, Quentin hésita. Coralie lui avait pourtant dit qu'il n'y aurait personne d'autre que ses grands-parents.

— Ne t'inquiète pas, lui murmura-t-elle.

— Bonsoir ! salua poliment Quentin.

— Bonsoir, répondirent à leur tour les deux hommes.

Sûre d'elle, Coralie enchaîna aussitôt.

— Je vous présente Quentin. Tu le reconnais, papi, c'est lui qui a ramené Tchaé.

En entendant son nom, le petit animal accourut en remuant la queue.

— Oui, en effet, mais je ne savais pas que tu étais en contact avec lui ! s'étonna ce dernier.

— Ce qu'il faut que je vous dise, continua-t-elle sans répondre à son grand-père, c'est que Quentin est mon ancien petit ami. Tu t'en souviens, papa ? C'était plus fort qu'elle, elle lui en voulait toujours depuis ces six années. Et c'est également le père de mon enfant.

Édouard détailla le jeune homme dédaigneusement. Effectivement, il y avait un air de ressemblance. Sa fille n'avait donc pas abandonné ! Furieux, il se leva d'un bond en direction de la cuisine.

Louis, qui à l'époque n'avait pas approuvé la décision de son gendre d'embarquer précipitamment toute la famille aux États-Unis, ne s'offusqua pas outre mesure et lui souhaita la bienvenue. Si cette enfant était la fille de Quentin, il était normal qu'il passe le réveillon avec elle.

Le jeune homme était mal à l'aise.

— Je devrais peut-être partir, déclara-t-il. Tu m'avais dit que tes parents ne seraient pas là, je ne veux pas gâcher la soirée.

— Il en est hors de question ! Ils sont arrivés par surprise. Ambre a le droit de connaître son père.

Louis intervint à son tour, il partageait l'avis de sa petite-fille.

— Non, restez, je vous en prie, ça va s'arranger.

Dans la cuisine, Jeanne et Ghislaine furent stupéfaites par l'entrée fracassante d'Édouard.

— Prends tes affaires, nous partons, ordonna-t-il à sa femme.

Cette dernière le regarda effarée. Que lui

arrivait-il ?

— Pourquoi ? Qu'est-ce qui se passe ? On vient juste d'arriver !

N'y tenant plus, Édouard laissa exploser sa colère.

— Figure-toi que notre fille a eu la merveilleuse idée d'inviter son ancien petit ami, le voyou, celui duquel on a tout fait pour la séparer. Elle vient d'avoir le culot d'affirmer qu'il était le père d'Ambre.

— Non ! s'exclama Jeanne, surprise à son tour par la révélation.

Ghislaine était embêtée. Elle savait que son mari ne portait pas le jeune homme dans son cœur, mais leur fille était majeure après tout. Ils ne pouvaient pas continuer à lui dicter sa vie, elle ne l'autoriserait pas. D'ailleurs, que savaient-ils exactement de ce Quentin ? Pas grand-chose. De toute façon, elle préférait ne plus se mêler des décisions de Coralie, plutôt que de la perdre. Elle tenta de calmer le jeu.

— Écoute, Édouard, que tu le veuilles ou non, Ambre a le droit de connaître son père. Ce serait injuste de le lui refuser. Ce n'est pas parce que ce jeune homme a eu une enfance difficile que c'est un mauvais garçon. S'il te plaît, fais un effort juste pour ce soir, pour ta petite-fille. Ne gâche pas la fête de Noël.

Bien qu'encore furieux, Édouard prit sur lui-même pour se calmer.

— OK, mais je te préviens que je ne lui adresserai pas la parole de la soirée. Nous partirons tout de suite après le dîner, je vais dès à présent réserver l'hôtel.

— D'accord, confirma sa femme.

Tous trois rejoignirent ensuite le salon. Les deux femmes saluèrent Quentin tandis qu'Édouard alla s'asseoir sur un fauteuil au bout de la pièce. Coralie profita de la présence de tout le monde pour apprendre la nouvelle à sa fille.

— Ambre, viens voir maman.

La fillette laissa le chiot et obéit.

— Tu te souviens de ce que je t'ai dit sur ton papa ? Qu'il était parti travailler très loin ?

— Oui, répondit l'enfant en regardant sa mère de ses beaux yeux verts.

— Eh bien, ton papa est rentré. Tu veux que je te le présente ?

— Oui ! murmura-t-elle timidement.

Quentin était tétanisé. Être présenté à sa fille devant des beaux-parents qui le détestaient le mettait très mal à l'aise. Il serra les dents, mais ne flancha pas.

— Quentin, voici ta fille Ambre, que tu as vue l'autre jour. Ambre, voici ton papa.

Bien qu'intimidée, car elle avait très peu entendu parler de lui, la fillette l'avait reconnu et lui demanda :

— C'est toi le monsieur qui a ramené Tchaé ?

Son père se baissa à son niveau avant de lui répondre doucement.

— Oui, c'est bien moi. Je ne pouvais pas le laisser mourir de froid, pas vrai ? Et puis je savais qu'une jolie petite fille l'attendait, termina-t-il. Est-ce que j'ai le droit à un bisou pour me remercier ? tenta-t-il maladroitement.

— D'accord, répondit la fillette, rassurée.

Son père la prit tendrement dans ses bras tandis qu'Ambre lui appliquait une bise sur le visage.

— Je peux te faire un bisou à mon tour ? risqua-t-il.

Celle-ci accepta. Alors, oubliant tous ceux qui l'entouraient, Quentin lui passa la main sur les cheveux, lui caressa le visage avant de l'embrasser à son tour. Il ne possédait rien, à part son sac à dos, mais sa vie venait de s'enrichir. L'atmosphère se détendit légèrement. Seul Édouard continuait de bouder dans son coin.

— Tu vas encore partir travailler loin ? questionna Ambre, lorsque son père la reposa au sol.

— Non, je vais rester ici, en France.

Si seulement il savait ce qui l'attendait ! pensa à ce moment-là Coralie.

Après tous ces événements, il fut l'heure de se mettre à table. Bien qu'Édouard ne desserrât pas les dents de la soirée, celle-ci se passa néanmoins dans la bonne humeur. Les plats préparés avec amour étaient succulents, tout le monde se régalait. Pour détendre l'atmosphère, Louis raconta des anecdotes de son enfance, tandis qu'Ambre qui, entre-temps, avait eu le droit de se lever de table, jouait avec Tchaé.

Vers vingt-deux heures, Coralie estima qu'il était temps de coucher sa fille.

— Allez, ma puce, il faut aller au dodo, sinon le père Noël ne passera pas.

À contrecœur, la fillette obéit. Bien qu'elle ait hâte de recevoir ses cadeaux, elle aurait voulu rester encore un moment. Après avoir fait un bisou à tout le monde, un doute lui vint néanmoins à l'esprit. Elle se tourna alors vers Quentin.

— Tu viendras demain voir ce que le Père Noël m'a apporté ?

Quentin était embêté, il ne savait pas quoi répondre, cela ne dépendait pas de lui.

Ce fut mamie Jeanne qui répondit.

— Oui, ma puce, s'il le souhaite, il pourra

venir.

— Tu viendras ? insista la fillette en se tournant vers son père.

— Oui, répondit-il mal à l'aise.

Satisfaite, la fillette alla enfin se coucher, rassurée.

Au même moment, Édouard décida qu'il était temps de partir, il avait fait sa part du marché.

— Nous allons y aller également, demain nous avons un avion à prendre.

Ils avaient largement le temps, leur voyage n'était prévu que le soir, néanmoins sa femme ne le contraria pas.

— Attendez ! leur lança Coralie. Je sais que la distribution des cadeaux n'est qu'à partir de minuit au pied du sapin et les vôtres, maman et papa, vous attendent aux USA. Mais puisque vous êtes tous là, je souhaiterais profiter de votre présence pour en donner un en particulier qui me tient beaucoup à cœur. J'en ai pour une seconde. Elle alla chercher une enveloppe dans son sac qu'elle tendit à Quentin.

— Tiens, c'est pour toi.

Surpris, celui-ci hésita.

Les parents et grands-parents de la jeune fille se regardèrent en haussant les épaules.

Les mains tremblantes, Quentin prit

l'enveloppe.

— Merci, mais je….

— Vas-y, ouvre, ne nous fais pas attendre.

Ce dernier ouvrit lentement. À l'intérieur, il y avait plusieurs documents : deux tests de paternité, un mail et une coupure de journal.

N'y comprenant rien, le jeune homme regarda Coralie à la recherche d'explications. Les autres membres de la famille en firent autant.

Alors, pour ne pas les laisser plus longtemps en attente, la jeune femme se décida.

— Très bien, je vais vous expliquer. L'autre jour dans le métro, un étrange individu a laissé son journal près de moi. En y jetant un coup d'œil, je suis tombée sur une annonce qui m'a tout de suite interpellée. Dans celle-ci, il était écrit que Kolton Duncan, P.D.G. de la multinationale Duncan Industries, était gravement malade. Il recherchait son fils français, âgé de vingt-cinq ans, du nom de Quentin. Il avait juste donné un prénom et, pour ne pas attirer la convoitise, il avait rajouté que l'intéressé devait envoyer par mail un extrait d'acte de naissance, ainsi que la photo d'une petite médaille offerte à la naissance et dont l'inscription était les initiales des prénoms des parents et de l'enfant, positionnés sous une certaine forme géométrique qu'il n'a pas indiquée. Il voulait également les éléments pour un test de paternité. Je n'étais pas sûre qu'il s'agissait de Quentin, mais il m'avait raconté le peu qu'il savait de sa naissance et ça pouvait coller. Il est né de père inconnu et possède une médaille avec des initiales qui correspondent et forment un triangle.

R K
Q

Ensuite, j'ai fait une demande d'extrait de naissance par Internet, continua-t-elle tandis que, bouche bée, tout le monde écoutait les révélations sans broncher. Il me fallait une idée pour le test. Alors, bien que je sache que ce soit inutile, je lui ai suggéré le test de paternité pour Ambre pour me servir d'excuse. J'ai envoyé les éléments au laboratoire comme indiqué. J'ai ici un mail de Monsieur Duncan en personne avec son numéro de téléphone afin que Quentin le contacte au plus vite.

Ce fut papi Louis qui réagit le premier.

— Tu veux dire que ce jeune homme serait le fils légitime d'un multimillionnaire ?

— Oui, confirma Coralie. C'est écrit noir sur blanc sur le document.

Confus par toutes ces révélations, Quentin en resta sans voix.

— Ça, c'est une super bonne nouvelle ! s'exclama Ghislaine en lui serrant la main. Félicitations !

Toujours grognon, Édouard le félicita rapidement sans s'attarder. Riche ou pas, il ne l'aimait pas.

— Allons-y maintenant, il est tard, rajouta-t-il à l'attention de sa femme.

Après leur départ, mamie Jeanne courut à la cuisine et en revint avec une bouteille de champagne.

— Ça se fête, non ? Alors, ça vous fait quoi d'être un riche héritier ?

Quentin ne sut que répondre. En quelques jours, il avait appris qu'il avait une fille et maintenant un père multimillionnaire.

— Je ne sais pas, cela fait trop d'informations d'un coup, déclara-t-il d'un tic avec nerveux.

Ils discutèrent encore un moment jusqu'à ce que Quentin décide de partir à son tour.

— Je dois y aller. Vu l'heure, j'espère qu'ils me laisseront encore entrer au centre d'accueil.

Par la fenêtre, Louis vit que dehors la neige tombait en abondance, il devait faire un froid de canard.

— Si c'est fermé, vous dormirez où ? questionna celui-ci.

— Sûrement dans le métro, j'ai l'habitude.

Cette situation était impensable pour Louis.

— Écoutez, étant donné que notre fille et notre

gendre n'ont pas voulu rester, nous pouvons vous proposer leur chambre pour la nuit.

Ne voulant pas la charité, Quentin hésita.

— Je ne veux surtout pas vous déranger, déclara-t-il finalement.

Cette fois, Jeanne intervint à son tour.

—Vous ne dérangez pas. De toute façon, vous êtes notre invité demain aussi, autant rester là.

Coralie insista également.

Dans ce cas, j'accepte, conclut-il.

Chapitre 28

Quentin

Le matin, à peine réveillée, Ambre se précipita vers le sapin à la recherche de ses cadeaux. Quentin était heureux. Il assistait avec un immense plaisir à l'émerveillement de sa fille.

La journée se passa très vite, la bonne humeur était au rendez-vous. Cela faisait très longtemps que Quentin n'avait pas eu un Noël comme celui-là. Il avait aidé à la cuisine, joué avec sa fille, fait une partie de cartes avec papi Louis et surtout, il avait beaucoup discuté avec Coralie. Ils avaient tellement de choses à se dire !

En fin d'après-midi, il décida qu'il était l'heure de partir. Comme le jeune homme n'avait pas de forfait pour appeler les États-Unis, Coralie s'était proposée d'envoyer un mail à Kolton Duncan avec le numéro de Quentin afin que ce dernier appelle lui-même.

— Tu me tiendras au courant ? demanda Coralie.

— Oui, pas de souci.

Après avoir dit au revoir à tout le monde et notamment à Ambre qu'il couvait du regard, Quentin se dirigea vers le « *Refuge* ». En ce jour de fête, le centre était ouvert toute la journée afin d'apporter un peu de réconfort aux plus démunis. Il y retrouva Joseph assis dans la salle d'accueil, son vieux livre policier à la main.

— Salut, Joseph ! lança-t-il de bonne humeur.

— Salut, Quentin. Alors ton réveillon s'est bien passé ? Tu n'es pas rentré hier soir, tu aurais pu me prévenir, déclara le vieil homme sur un ton de reproche. Je me suis inquiété.

Le jeune homme se sentit honteux.

— Tu as raison, je suis désolé. Mais quand ils m'ont offert l'hospitalité pour la nuit, il était tard, je ne savais pas si tu étais déjà couché, s'excusa-t-il avant d'enchaîner aussitôt. De plus, je suis complètement chamboulé par tout ce que j'ai appris hier. Il faut que je te raconte, tu n'en reviendras pas !

Curieux, le septuagénaire rangea son livre dans son sac et attendit.

— Je suis tout ouïe, déclara-t-il.

Quentin prit une chaise et s'installa près de lui.

— D'abord, mon test de paternité est positif, je suis bien le papa d'Ambre.

D'un geste théâtral, Joseph le salua en s'exclamant sur un ton ironique.

— Ah, bah, ça alors, félicitations ! Mais tu en es vraiment sûr ? Il n'y a aucun doute ?

Quentin sourit, il s'attendait à la moquerie de son camarade.

— Non, aucun. J'ai également une deuxième nouvelle importante qui risque de changer le cours de ma vie.

Cette fois, plus inquiet, le vieil homme ne réagit pas et patienta.

— Je suis le fils d'un riche homme d'affaires américain, lâcha-t-il sans trop y croire encore.

Cette fois, Joseph le regarda fixement avant d'éclater de rire.

— C'est une farce, tu me fais marcher, n'est-ce pas ? On est en décembre, pas en avril !

Mais Quentin était on ne peut plus sérieux.

— Tiens, regarde.

Il sortit le document de sa poche qu'il montra à son aîné.

Ce dernier s'empara du papier et le lut tandis que l'incompréhension se dessinait sur son visage. Le jeune homme prit alors le temps de tout lui expliquer.

— Tu comptes faire quoi ? l'interrogea à la fin le vieil homme, un voile de tristesse dans le regard.

Les mains derrière la nuque pour s'étirer le cou et le dos, Quentin repensait à tout ce qui venait de lui arriver.

— Je ne sais pas encore, j'attends qu'il m'appelle, répondit-il simplement.

— OK.

La conversation s'arrêta là provisoirement, le dîner allait être servi.

Chapitre 29

Retrouvailles

Le lendemain matin, Quentin se leva nerveux, il attendait le coup de fil avec appréhension. Comment l'appel allait-il se dérouler avec cet homme qu'il ne connaissait pas ? Qu'allait-il lui dire ? Il décida de passer la journée avec Joseph, il lui donnerait la force nécessaire le moment venu. Lorsqu'enfin, en milieu d'après-midi, le téléphone sonna, Quentin hésita un instant en regardant le numéro.

— C'est lui ? questionna le vieil homme. Qu'est-ce que tu attends pour répondre ?

D'une main tremblante, celui-ci décrocha.

— Allô !

À l'autre bout du fil, il entendit une voix qui lui semblait fatiguée.

— Allô, Kolton Duncan à l'appareil. Tu es Quentin Bellegart ? demanda l'inconnu avec un fort accent américain.

— Oui, c'est moi.

Son interlocuteur se racla la gorge et continua.

— Les résultats du test de paternité envoyés par le laboratoire ainsi que les documents fournis par ton amie prouvent que tu es mon fils. Je souhaiterais te rencontrer au plus vite. Comme je ne suis pas très en forme, il faudrait que tu viennes jusqu'ici.

Sa tirade fut suivie par un instant de silence, succédé par une quinte de toux jusqu'à ce que Quentin se décide à parler.

— Vous désirez me voir ! commença ce dernier, maîtrisant son amertume. Mais qui vous dit que cela m'intéresse ? J'ai vécu vingt-cinq ans sans père, sans mère aussi d'ailleurs, puisqu'elle est décédée quand je n'étais qu'un bébé. Vous ne m'avez pas reconnu, vous m'avez abandonné. J'ai dû me débrouiller seul depuis toujours. Pourquoi accepterais-je de vous connaître maintenant ? l'accusa le jeune homme, aigri.

Son grand-père adoptif lui fit les gros yeux, Quentin se tut.

— Tu as raison ! répondit Duncan. Tu n'es pas obligé d'accepter ma proposition. Mais sache que je ne t'ai pas abandonné complètement. À ta naissance, j'ai ouvert un compte bancaire à ton nom que j'alimente depuis à hauteur de cinq mille euros tous les mois.

Cette fois, Quentin en resta bouche bée. Il vivait comme un misérable alors qu'il avait une énorme somme en banque.

— J'ai les preuves, poursuivit son père. Je peux te les montrer.

— Je n'ai jamais été au courant de ce compte, répliqua ce dernier.

— Alors, accepte ma proposition et viens me rejoindre, insista son père.

Quentin pesa le pour et le contre. Même si la colère le retenait, qu'avait-il à perdre ?

— C'est bien beau tout ça, continua-t-il néanmoins, mais je fais comment pour venir ? Je n'ai même pas de quoi me payer un billet de métro.

— Je t'enverrai un billet d'avion sur le mail de ton amie. Une fois sur place, mon chauffeur viendra te chercher. Quelle date t'arrangerait ? Le plus tôt serait le mieux pour moi.

Le jeune homme consulta le papier que lui avait donné Coralie avec sa date de départ ainsi que son numéro de vol. Il communiqua ces informations, de cette façon il pourrait se joindre à elles.

Après s'être mis d'accord, ils raccrochèrent.

— Tu as pris la bonne décision, l'encouragea

Joseph. Tu es riche à présent, tu vas pouvoir en profiter. Bientôt, tu déménageras aux USA, tu oublieras vite cette vie, et moi avec, conclut le vieil homme, attristé de ne plus le revoir.

Quentin le fit taire immédiatement.

— Comment pourrais-je t'oublier ! Tu as été comme un père pour moi. Tu m'as aidé, secouru, protégé.

Le septuagénaire se gratta la tête, un brin gêné.

— Je n'ai pas fait grand-chose, commenta-t-il.

Le jeune homme le remercia à nouveau avant de conserver le silence. Il devait vérifier une information importante. Il cliqua sur la calculatrice de son téléphone et fit les comptes des virements effectués par son père depuis sa naissance avant d'émettre un sifflement étonné. Ça faisait un bon pactole. Une idée qu'il préférait garder secrète pour le moment germa aussitôt dans son esprit.

— Je vais prévenir Coralie, annonça-t-il.

***

Les deux jours suivants défilèrent à une vitesse fulgurante. Une fois le réveillon de la Saint-Sylvestre passé, Coralie, Ambre et Quentin se retrouvèrent dans l'avion en direction de

San Francisco. Quentin devait se rendre à Los Angeles, mais il ferait escale à San Francisco avant de poursuivre. Cela lui permettait de rester un peu plus longtemps avec elles. Pour lui, peu habitué aux grands trajets, ce voyage était interminable. Il n'avait qu'une hâte, celle de repartir en France. Une fois arrivé à destination, il put compter sur l'aide de la jeune femme pour l'accompagner jusqu'à l'endroit des transferts.

— Voilà, tu y es. Une fois sur place, tiens-moi au courant, lui recommanda Coralie qui avait bien du mal à le voir partir. Si tu as besoin de quoi que ce soit, surtout n'hésite pas, tu peux compter sur moi, insista-t-elle.

Bien que fatigué par le voyage et stressé par cette situation qui le dépassait, Quentin fit un effort pour ne pas montrer son désarroi.

— Oui, pas de souci, je n'y manquerai pas.

— Dans ce cas, je te laisse, déclara-t-elle en lui faisant la bise.

Le jeune homme se baissa ensuite afin de prendre sa fille dans ses bras.

— Fais-moi un bisou, mon ange, réclama-t-il.

Celle-ci ne se fit pas prier.

— Tu vas revenir nous voir ? questionna-t-elle en s'accrochant à son cou.

Devant son avenir incertain, son père hésita

avant de la rassurer.

— Oui, mon ange, je vais revenir très vite.

Une fois les adieux faits, Coralie et Ambre se dirigèrent vers la sortie, laissant Quentin, seul, face à son destin.

À son arrivée à Los Angeles, un chauffeur l'attendait comme prévu. Les premiers jours ne furent pas évidents, père et fils n'osaient pas entamer la conversation. Trop de choses les séparaient, le niveau social, les années d'absence ! De plus, Quentin avait un peu de mal à pardonner. Pour sa part, Kolton comprenait la colère de son fils et ne savait pas trop comment s'y prendre pour lier le contact. Néanmoins, tous deux firent un effort et, malgré la pudeur qui les retenait, le dialogue finit par s'installer. Au fil des jours, ils apprirent à mieux se connaître et purent aborder sereinement leur futur. Kolton tenait à confier à son fils, le moment venu, les rênes de la multinationale Duncan Industries. Il voulait également raconter à son fils sa version des faits sur ces années de silence.

— Il y a vingt-six ans, je suis venu passer deux mois à Paris dans notre succursale. J'ai rencontré ta mère lors d'une soirée. Nous avons eu un vrai coup de foudre et avons passé toutes nos soirées ensemble. Lorsque j'ai dû rentrer aux États-Unis, ta mère m'a annoncé qu'elle était enceinte. J'étais marié, je ne désirais surtout pas de scandale, il ne fallait pas que mon nom apparaisse dans l'acte de naissance. Néanmoins, je lui ai donné une bonne somme d'argent pour ses besoins de jeune maman. Je lui ai également promis de pourvoir à tes besoins en ouvrant un compte bancaire.

Quentin écoutait attentivement sans intervenir. Il voulait comprendre !

— Quand tu es né, j'ai fait un bref aller-retour à Paris pour vous voir. Je t'ai laissé une petite médaille avec nos trois initiales. Je constate que tu l'as encore !

Inconsciemment, Quentin porta la main au bijou.

— C'est la seule chose qui me reste !

Kolton continua avant que son fils ne lui pose des questions.

— Accablé par la charge de travail, je ne pouvais pas appeler ta mère régulièrement. Un jour, je n'ai plus eu du tout de vos nouvelles. J'ai alors profité d'un voyage en France pour vous rechercher. Je me suis rendu chez son employeur. La standardiste m'a avoué discrètement que ta mère avait quitté l'entreprise suite à une dispute avec l'un de ses supérieurs pour harcèlement sexuel. Je suis alors allé à son domicile, sans succès également. La voisine m'a dit qu'avec un fils en bas âge, elle n'avait pas réussi à trouver du travail. Déprimée, elle s'était laissé aller, avait commencé à boire en dépensant sans compter avant de déserter le logement. Elle ne pouvait m'en dire plus, car elle ne l'avait plus jamais revue.

Quentin encaissait toutes ces informations, le cœur serré.

— Pourquoi ne m'avez-vous recherché que maintenant ? questionna-t-il, la rage au ventre.

— Pendant quelque temps, j'ai essayé, se défendit celui-ci. Je n'ai rien trouvé. C'était comme si vous vous étiez volatilisés. Puis ma femme est tombée gravement malade, j'ai dû être présent auprès d'elle et gérer la société, je n'avais plus de temps pour rien. Ce n'est que récemment, après son décès, que j'ai décidé de lancer une bouteille à la mer pour te retrouver.

Le jeune homme rajouta à son tour ce qu'il savait de sa naissance.

— Quand j'ai été en âge de comprendre, tout ce que j'ai appris sur mon enfance, c'est que ma mère a été retrouvée noyée après m'avoir confié à la concierge de son immeuble. J'ai donc été placé par la D.A.S en différentes familles d'accueil. La vie ne m'a pas épargné.

— Je suis vraiment désolé. J'espère réellement que l'on pourra partir sur de bonnes bases tous les deux. Tu es mon seul héritier, je n'ai pas eu la chance d'avoir d'enfant avec ma défunte femme.

Finalement, après plus de quinze jours passés auprès de son géniteur à qui il avait à moitié pardonné malgré ses années de galère, Quentin et lui finirent par trouver un terrain d'entente sur l'avenir de la multinationale Duncan Industries. Il put alors rejoindre Ambre et Coralie.

Épilogue

Un mois plus tard, main dans la main, Coralie et Quentin atterrissaient à l'aéroport Charles de Gaulle, plus amoureux que jamais. Ambre était restée avec ses grands-parents. Durant ce laps de temps, le jeune homme avait beaucoup appris et pris plusieurs décisions. Il avait accepté de travailler avec son père au sein de la société Duncan Industries en créant une filiale en région parisienne. Il s'établirait en France, mais ferait des allers-retours régulièrement entre les deux pays. Depuis Los Angeles, il avait également consulté plusieurs agences immobilières et fixé des rendez-vous pour visiter quatre appartements à Paris qui semblaient correspondre à ses recherches.

— Ne préfères-tu pas aller à l'hôtel ? demanda Quentin après avoir récupéré leurs valises.

Radieuse, Coralie lui sourit en lui caressant amoureusement le visage.

— Non, mes grands-parents nous attendent, ils seraient tristes de ne pas nous voir.

Quentin la serra contre lui, ses lèvres cherchant celles de sa compagne.

— Comme tu voudras !

Quand ils arrivèrent, Jeanne et Louis les attendaient avec impatience, ils étaient heureux de les revoir. Également content, Tchaé leur sauta dessus.

Le reste de la journée se passa au mieux.

Le lendemain, ils se levèrent de bonne heure, pour se rendre aux rendez-vous prévus. En fin de journée, Quentin avait eu un vrai coup de cœur pour l'un des appartements visités. Accompagné de Coralie, il se rendit à l'agence et signa la promesse de vente demandant que tout soit fait le plus rapidement possible auprès du notaire. Grâce à son père, il n'avait pas besoin d'avoir recours au crédit, cela raccourcissait le délai. Il téléphona ensuite à Joseph afin de le prévenir de son retour.

Les jours suivants, il vint rejoindre quotidiennement le septuagénaire au square de la Mongolfière. Le froid mordant était toujours présent. Alors, afin d'être au chaud, il l'invita dans un café du coin. Il lui parla de ses projets professionnels, de sa réconciliation avec Coralie, sans lui toucher un mot d'une idée importante qui avait germé dans sa tête.

— Tu t'adaptes bien à ta nouvelle vie à ce que je vois ! se réjouit le vieil homme.

Quentin le regarda attentivement. Il semblait fatigué. Le froid, la malnutrition n'arrangeaient pas sa santé précaire. Son cœur se serra.

— On peut dire ça, répondit simplement ce dernier. Et toi ? Tu as réussi à garder une place au « *Refuge* » ?

— Seulement de temps en temps, comme avant, confirma-t-il d'un air las.

Voulant rendre la conversation un peu plus gaie, le jeune homme changea de sujet.

— Serais-tu disponible demain matin ?

Intrigué, Joseph arqua les sourcils, se demandant pour quelle raison il lui posait cette question, alors qu'il savait très bien que rien ne le retenait.

— Je souhaiterais te montrer quelque chose, insista-t-il.

Étant libre de ses journées, le vieil homme accepta.

— Très bien, dans ce cas voici l'adresse, poursuivit Quentin en lui tendant un papier. Peux-tu y être à neuf heures ?

Son camarade lut les coordonnées en sifflant d'étonnement.

— Pfiu, que va-t-on faire dans ce quartier chic du 14e arrondissement ?

Le jeune homme sourit en lui faisant un clin d'œil.

— Tu verras !

Ils restèrent encore un moment ensemble, puis ce dernier rentra rejoindre Coralie.

***

En se levant ce matin, Quentin était nerveux. Et si Joseph refusait ? se demandait-il inlassablement.

— Tout se passera bien, ne t'inquiète pas, le rassura Coralie.

Accompagné de la jeune femme, ils se rendirent tous les deux au rendez-vous.

Lorsqu'ils y parvinrent, le septuagénaire les attendait déjà en tapant du pied pour se réchauffer. Tandis qu'ils se saluaient, l'agent immobilier arriva à son tour.

— Bonjour ! lança le nouveau venu.

— Bonjour, répliquèrent ces derniers.

Joseph se tourna vers Quentin à la recherche

de réponses.

— Peux-tu me dire ce qu'on fait là en face du parc Montsouris devant cette résidence de standing ?

— Allons-y, je vais tout t'expliquer, enchaîna le jeune homme.

Ils suivirent l'agent immobilier qui les conduisit au premier étage d'un appartement sans vis-à-vis, calme et lumineux. Celui-ci se composait d'une entrée, un double séjour offrant une vue sur le parc et une cour arborée, une cuisine indépendante meublée, trois chambres donnant également sur le parc, une salle de bains avec WC séparés et une salle de douche avec WC pour les invités. Une cave haute qui pourrait servir de bureau, complétait le tout.

— Voici ma nouvelle demeure ! déclara Quentin d'un geste de la main, satisfait. Qu'en penses-tu ?

Joseph était estomaqué. Cela avait dû coûter une blinde !

— C'est un très bel appartement, félicitations. On voit que tu as les moyens maintenant !

À cette remarque, le jeune homme eut un mouvement d'hésitation.

— Un peu ! finit-il par répondre. Mais, j'ai gardé le meilleur pour la fin.

Le septuagénaire l'écouta distrait, ils n'appartenaient plus au même monde, néanmoins il était heureux pour lui, il le méritait.

— Le principal atout de cet appartement, c'est qu'il a trois chambres, comme tu as pu le constater, continua Quentin, pressé d'annoncer la nouvelle. Et cette troisième chambre est pour toi !

Un tic nerveux s'empara du vieil homme, il n'était pas sûr d'avoir bien entendu.

— Que veux-tu dire ?

Quentin attrapa sa compagne par la taille avant de poursuivre.

— Coralie et moi avons beaucoup discuté à ce sujet. Nous aimerions que tu viennes habiter ici. Tu auras un toit et pas de loyer à payer. Tu…

Joseph ne le laissa pas finir.

— Je ne peux pas accepter. Vous êtes un jeune couple, je ne veux pas vous déranger dans votre nouvelle vie.

Nerveux, Quentin craignait cette réaction. Comment le convaincre ? Alors, Coralie, qui n'avait pas encore parlé, vint à son secours.

— Cela nous ferait infiniment plaisir que vous acceptiez ! Quentin vous doit beaucoup, il serait vraiment très triste si vous refusiez. De plus, nous voyagerons souvent, nous avons besoin de quelqu'un qui s'occupe de l'appartement.

Les larmes aux yeux, le septuagénaire regarda celui qu'il considérait comme son petit-fils. Malgré la pudeur qui les retenait, ils se jetèrent dans les bras l'un de l'autre.

— Dans ce cas, j'accepte, murmura-t-il.

— Merci, susurra Quentin, heureux de pouvoir à son tour aider son camarade. Tu as été plus qu'un père pour moi, je ne l'oublierai jamais. Cette fois, c'est à mon tour de t'aider. De plus, comme tu seras en quelque sorte le gardien de l'appartement, je te verserai un petit complément mensuel pour l'alimentation. Nous prendrons possession de l'appartement dans un mois.

— Tu sais, je n'ai pas fait grand-chose ! se défendit le vieil homme.

— Tu m'as pris sous ton aile protectrice avant que je ne parte à la dérive. C'est tout ce qui compte.

Ce fut donc un mois plus tard que Coralie et Quentin emménagèrent dans leur nouvelle maison après l'avoir meublée. Il était temps de recevoir Joseph. Celui-ci arriva le lendemain avec son vieux cabas contenant ses seuls biens.

— Viens, je vais te montrer ta chambre, l'invita Quentin. Tu pourras y ranger tes affaires.

Bien qu'intimidé par tout ce luxe, le vieil homme ouvrit l'armoire afin d'y remiser ses quelques vêtements élimés. À sa grande surprise, celle-ci était pleine, il n'y avait aucune place. Ne voulant faire aucune remarque désobligeante, Joseph n'insista pas. Il posa son sac dans un coin et fit comme si de rien n'était. De toute façon, cela n'avait pas d'importance, ses affaires pouvaient bien rester où elles étaient !

Voyant que son ami n'avait pas compris, n'y tenant plus, Quentin lâcha en souriant.

— Il faut bien que le gardien de l'appartement soit au même standing que cette belle demeure ! Alors voici ta nouvelle garde-robe, chaussures et chaussons inclus.

Finalement, entre rires et larmes, le vieil homme se sentit heureux et comblé par la gentillesse du jeune couple.

Remerciements

Je tiens à remercier tout particulièrement Marie Béatrice Boré pour ses suggestions, ses corrections, ses commentaires et ses relectures. Sans son aide, je n'aurai sans doute pas mené à bien ce projet.

Un très grand merci également à Béatrice Bagnaud pour ses innombrables relectures, ses corrections et suggestions.

Loi n°49-956 du 16 juillet 1949 sur les publications destinées à la jeunesse, modifiée par la loi n° 2011-525 du 17 mai 2011.

    Édition : BoD – Books on Demand, info@bod.fr
    Impression : BoD – Books on Demand,
    In de Tarpen 42, Norderstedt (Allemagne)
    Impression à la demande
    ISBN : 978-2-3224-5285-9
    Dépôt légal : Novembre 2022